うちの執事に願ったならば

高里椎奈

角川文庫
20258

うちの執事に願ったならば

Characters

イラスト／佐原ミズ

衣更月《きさらぎ》蒼馬《そうま》

烏丸家の執事《バトラー》。
主人の花穎を支える。
鳳に心酔する23歳。

烏丸《からすま》花穎《かえい》

烏丸家第27代当主。19歳。
英国帰りの眼鏡男子。
色彩感知能力が高い。

烏丸《からすま》真一郎《しんいちろう》

烏丸家の前当主にして
花穎の父。

石漱《いしぜき》棗《なつめ》

花穎と同じ大学に通う友人。
足がとても速い。

鳳《おおとり》

烏丸家の家令《ハウス・スチュワード》。
衣更月に執事の座を譲り、
前当主・真一郎に従う。

赤目《あかめ》刻弥《ときや》

旧家の子息で大学生。
パティスリー
「アントルメ・アカメ」を経営する。

第1話　黒鳥さがし

1

十九歳の誕生日から百五十八日。

烏丸花穎《からすまかえい》は黙々と鉛筆を走らせていた。

印刷された枠から枠へ、間を埋めるのは難解な設問と絵画や彫像の写真だ。

ノート、教科書、その他書籍の持ち込みが許可されており、学生達はこぞって図書館へ向かい、普段は誰も手に取らないようなカビ臭い本までかき集めて試験に臨んだ。

しかし、いざ問題用紙が配られた瞬間、皆がその無意味さを悟った。

気が遠くなるほどの問題数だ。膨大な情報から回答を探すには一問あたりに掛けられる時間が短く、一心不乱に手を動かす者と、教科書を開いたきり再び鉛筆を持てずに固まる者とに分かれた。

(長年、ゴヤの真作と思われていた図gのタイトルとこれを描いた弟子の名を答えよ。アセンシオの……)

設問自体は親切である。学生を振り落とす事を目的とした試験ならば、予備情報を与えずゴヤと書くミスを誘っただろう。教科書の何処に何が書いてあるか記憶するまで読み込んでいたら、不確かな答えの確認に役立ったかもしれない。

花穎がうろ覚えの回答を織り交ぜつつ、どうにか最後の答えを書き終え、半分まで見直しをしたところで、講師が試験時間の終了を告げた。

「そこまで。回答用紙を通路側に送って」

彼女が言い終わるが早いか、紙を翻す音や鉛筆を置く音で教室内の空気が緩む。

花穎は窓側の学生から重ねた回答用紙を受け取り、自分の分を伏せて重ね、右隣の学生に差し出した。

「石漱君《いしぜき》」

「……全然、終わってねえ」

隣席の彼はそう言いながらも潔く鉛筆を置くと、回答用紙を束ねて、集めに回る講師に手渡した。

試験前に切ったらしい前髪はまだ短く、不機嫌そうな表情を露《あら》わにする。朝からこんな風だったから、試験の出来が悪かったというより試験自体が嫌いなのだろう。

石漱は青いワンショルダーバッグに筆記用具をそのまま投げ入れて、更に丸めた問題用紙を押し込んだ。

「烏丸、あと何教科？」

「僕は西洋美術史で終わり」

花穎は出番を終えた鉛筆と消しゴムをペンケースに差し、親指でしっかりとスナップボタンを留めた。

花穎の受講教科数は他の学生より少ない。入学前に別の大学を卒業しており、そこで取得した単位が認められている為だ。

「石漱君は？」

「残り三つ。補講決定してる教科があるから金曜まで学校」

石漱が辟易《へきえき》して答える。見れば、彼に限らず教室から引き上げていく学生の多くが、間もなく八月に入るというのに梅雨が明け切らないような顔をしていた。

試験勉強から解放された喜びは、学校を出るまで秘めておく事にしよう。

「それじゃあ、またね」

「おう」

花穎は石漱と別れて、一人、夏の日差しの下に出た。

校舎内も決して快適な室温ではなかったが、屋外の暴力的な暑さは校内の比ではない。直射日光が痛みを伴って皮膚を刺し、湿気は密度を持って、微温湯《ぬるまゆ》の塊を押し付けてくるかのようだ。微温湯の方が汗を流してくれる分、心地よいだろう。

眩《まぶ》しい太陽は地表の温度を上げるばかりでなく、視界の陰影を濃くし、緑生い茂る木々、装い明るく行き交う人々、生命力に満ち溢《あふ》れた風景をより色鮮やかにする。

人より若干、目が良い花穎には暑さより色彩が煩わしい。

花穎は俯《うつむ》いて自身の影に視線を固定し、足早に中庭を通り抜けようとした。

「退《ど》いて！」

「えっ」

警告に鼓膜を突かれて顔を上げる。次いで、周囲の雑音や話し声と一緒くたに聞き流していた粗いタイヤの音が思いの外、大きく聞こえる事に気が付いて、花穎は目を見開いた。

台車が飛び込んで来る。

否、飛び出したのは花穎の方だ。

ブレーキのない簡素な構造の台車は、堆《うずたか》く積まれた水張り用のパネルで重量を増し、速度を落とせず花穎に迫る。

（轢《ひ》かれる）

花穎は足を戻そうとしたが、横切ってしまった方が安全なのではないかと迷いが過《よぎ》り、どちらにも動けず棒立ちになった。

ガシャン！

金属と木材の不揃いな音がする。

花穎の長い前髪が揺れて、眼鏡の縁を掠《かす》めた。

痛みはなかった。

花穎と台車の間に、人が立っている。黒い革靴の左足で石畳を踏みしめて、右足で台車を塞《せ》き止める。しなやかに伸びた背は、型遅れだが仕立ての良いスーツに無粋な皺《しわ》を寄せない。

白手袋をはめた手で崩れそうになるパネルを押さえて、ミルクティー色の髪が振り返った。

「花穎様。お怪我はございませんか？」

整った顔は一切の感情を示さず、冷静な物言いがそれに輪を掛けた。

「衣更月《きさらぎ》」

花穎は竦《すく》んだ息を吐き出した。

台車を押していた学生が慌てて謝る。

「すみません」

「こちらこそ、行く手を遮ってしまい申し訳ありません。お身体とお荷物に支障が生じていなければ良いのですが」

衣更月が僅《わず》かにずれたパネルを元通りに揃えて尋ねると、学生は恐縮して首を振り、花穎達二人にそれぞれ会釈をしながら、再び台車を押して立ち去った。

彼が急いでこの場を離れたのは、接触事故を起こしかけた事だけが理由ではないだろう。中庭に居合わせた学生達が歩を弛《ゆる》めてこちらを見ている。

大学の構内では、衣更月が目立つのだ。

花穎は歩幅を広げ、衆人の視線を剝《は》がして歩いた。

衣更月が遅れずに付いてくる。

「迎えは運転手《ショーファー》の仕事だ。何故、衣更月がここにいる」

「花穎様に御予定の変更をお願いしたく存じます。些《いささ》か込み入った変更の為、私が随行して直にお伝え申し上げるのが適切と判断致しました」

「車で待てばいいだろう。構内に入る事はない」

「申し訳ありません」

衣更月は速やかに謝罪して、校門前で待たせた車の後部ドアを開ける。

「主人《あるじ》の身に降りかかる災厄を事前に振り払うのは、執事の務めです」

厳然たる態度で答え、衣更月は従順に瞼《まぶた》を伏せた。

2

衣更月が烏丸家の執事となったのは、まだ朝霧の冷たい冬の頃だった。

英国で早々に大学を卒業し、教授の厚意で研究室に居座っていた花穎の下に、父親から手紙が届いた。

『引退する。後を頼む』

父親は変わり者で、息子の花穎でも時折、理解に窮する事があるが、あの手紙は花穎の十八年間の人生でも一、二を争う青天の霹靂《へきれき》だった。

花穎が帰国すると父親は既に旅に出た後で、烏丸家に長らく仕える執事の姿もなかった。

代わりに屋敷で待っていたのが衣更月である。

前任の執事、鳳《おおとり》の弟子で、花穎の留学後にフットマンとして雇われたらしい。弱冠二十二歳で執事の任に就いたが、その働きぶりは極めて冷静沈着、職務第一の完璧《かんぺき》主義であり、烏丸家に仇《あだ》なす者は蟻一匹見逃さない容赦のなさだ。

その忠勤は、花穎に対しても等しく発揮された。

「花穎様は烏丸家二十七代目当主でいらっしゃいます」

助手席から放たれた凍《い》て付く声に、運転手の駒地《こまじ》が息を詰めたのが分かった。身体を強張《こわば》らせながらも車は依然、滑らかに走行させているところは流石の本職である。

花穎は記憶を数秒前へ遡《さかのぼ》った。

何かあったのかと心配した駒地に、花穎が怪我の一つや二つで大騒ぎする歳ではないと答えたのが、衣更月の職務センサーに引っかかったのだろう。言い方がまずかった。だが、花穎まで一緒になって畏縮《いしゅく》しては、当主の威厳も形無しである。

花穎は車に負けじと滑らかな動作を心がけて、元からそうするつもりであったかのように衣更月から目を背けた。

「言われるまでもない」

「烏丸家の長い歴史が僅か二十七代で受け継がれているのは、代々の御当主様方が御身を守り、長寿であられた証《あか》しです」

「跡継ぎが行方知れずになって、当主不在の時期もあったと聞いているぞ」

「であれば、御当主様お一人が御不在の間、代わりを務める為にどれほど多くの者が身を削ったかも聞き及んでいらっしゃる事でしょう」

「む」

花穎は頬杖《ほおづえ》から顎《あご》を僅かに浮かせた。

能力面で言えば、当主の代役を務めるに足る人材はごまんといる。しかし、仮令《たとえ》お飾りでも当主がいるといないとでは、何かを決定するまでに要する時間や是非の正当性に大いなる差異が生じた。

当主という存在そのものが、周囲を納得させる。花穎が如何《いか》に未熟な当主でも、組織には最後に「では、そのように」と言う者が必要だ。

花穎は薄く色の入った眼鏡の下で黒目だけを動かして、助手席を視界に入れた。

衣更月はまるで死角のない草食動物みたいに、花穎に呼応して横顔をこちらへ向ける。花穎を捉《とら》える切れ長の目は真剣で、本心から烏丸家を想ってこその諫言《かんげん》だと思えば無下にも出来ない。

「分かっている。当主として一番の仕事は、健在でいる事だ。道路を横切る時は一時停止して、右、左。外から帰ったら手洗いうがい。食事の前にも手を洗う」

花穎のささやかな意地が働いて、子供じみた了承の仕方になってしまった。

衣更月は花穎が居たたまれなくなる前にそつなく視線を外して、

「差し出がましい事を申し上げました」

と、丁寧にお辞儀をした。

「それより、予定の変更とは何だ？　僕の帰宅を待てず、電話や言付けで済まないとなると……お父さんがまた妙な事を言って来たか」

一年先まで見通して予定を組み立て、管理しているような衣更月が急な変更を余儀なくされる相手と言えば、真一郎《しんいちろう》くらいしか思い当たらない。

花穎は半ば正解のつもりでいたが、衣更月が挙げたのは別の人物の名前だった。

「葵貴晴《あおいたかはる》様より、面談のお申し入れがありました」

「おじさんから？」

珍しい。花穎は単純に驚いた。

葵は烏丸家を支える重役の一人だ。血縁関係はない。

烏丸家は花穎の曾祖父《そうそふ》が起こした会社を基盤に、様々な分野へ事業展開をしている。中でも、総元締めと呼ばれる親会社の代表取締役を務めるのが葵だった。

以前は真一郎がその席にあり、葵は相談役として社に勤務していた。真一郎の引退に伴い、繰り上がる形で彼が代表取締役に就いたが、烏丸家の系列会社は実益主義で世襲にこだわりがなく、また花穎が未成年な事もあり、関係者達からは最良の選択と得心された人である。

花穎が葵に頼る事はあっても、葵が花穎に助力を求める事はあり得ない。

だから、葵が会いたがっていると言われても、花穎はその目的が全く思い当たらなかった。

「御本人の口から直接、御説明とお詫《わ》びをお伝えしたいと仰《おつしや》っておいででした」

「詫びって……何を？」

いよいよ見当も付かない。

花穎が聞き返すと、衣更月は上体を返し、紙製のファイルを差し出した。

「系列会社の顧客から、食中毒に似た症状が報告されたそうです」

「え！」

驚愕《きょうがく》が手元を狂わせる。花穎はファイルを取りはぐれそうになって、両手でボール紙の端を捕まえた。

「原因は？」

「現在、調査委員会を設置して究明中だそうです。万が一の可能性を考慮して、花穎様のお耳にお入れしておくべきとの意図であると伺いました」

社内で片が付くトラブルならば、花穎の下には問題が解決してから報告書が送られて来る。そうしないのは、花穎にも事前の状況認識と心構えが必要な事態になり兼ねないという事だ。

花穎がファイルを開くと、衣更月が独自に収集したのだろう、該当の会社と工場のデータに加えて、数人の個人名がリスト化されている。

「如何《いかが》なさいますか？」

「すぐに行く。衣更月、おじさんに連絡を取れ。駒地は車を本社に」

「畏《かしこ》まりました」

衣更月が前方に向き直り、運転中の駒地に代わってカーナビゲーションを操作する。

花穎はファイルの文字列を目で追う事に専念して、落ち着かない心に蓋《ふた》をした。

3

曾祖父が建てた系列本社ビルは、数々のオフィスビルと肩を並べて今尚《いまなお》、建てられた当時の佇《たたず》まいを残している。

石レンガで組んだ一階部分を土台にして、等間隔に並ぶ垂直の柱が二階から屋上へと視線を誘う。見上げた屋根の縁《へり》には柱頭《キャピタル》に合わせてゴシック風の飾り細工が施され、青空を切り取る額縁の様だ。

衣更月が先行して、正面玄関の扉を開く。

アーチにあしらった社章は鳥の影絵を円で囲んだデザインで、頭を擡《もた》げた鴉《からす》が下を通る人間を見守っているようにも、見張っているようにも見えた。

花穎は扉を潜《くぐ》り抜けて、エントランスホールの涼しさに表情を緩めた。車が涼しく、外は蒸し暑く、屋内がまた冷やされているので、湯通しされた気分になる。

床のモザイクタイルが網膜でチカチカして、花穎が眼鏡を押し上げた時だった。

「花穎君」

エントランスホールの奥から、聞き慣れた声が呼ぶ。

花穎が振り返ると、四十絡みの男が歩を速めてこちらに来るのが見えた。

ブルーグレーのスーツに身を包み、濃紺のネクタイが全身の印象を引き締める。細くもなく大きくもなく、身体の線がしっかりとした体格と一歩ずつ安定した動作は落ち着いた印象を与えたが、近付いて明瞭《めいりょう》になった表情は落ち着きとは対極にあった。

「花穎君。いや、烏丸会長。申し訳ありません」

代表取締役が青い顔で現れて見知らぬ若造に頭を下げたのだから、警備員が目を剝《む》くのも無理はない。

「おじさん、顔を上げて下さい。確かに当主は僕が継ぎましたが、成人するまで会長職も登記類も父の名義になっているはずです」

花穎も慌てて、論点のずれた事を口走ってしまった。いつもの葵なら快活に笑い飛ばしてくれただろうが、今日は申し訳なさそうに太い眉《まゆ》を下げるばかりである。

古くから家に出入りしていた父親の友人は、幼少の花穎にとっては天を衝《つ》くほど大きな人だったから、謝って下げた葵の後頭部に、肩車をしてもらった頃にはなかった白いものが交じっているのを見て、花穎は秘《ひそ》かに動揺した。

「何があったのですか？」

「そうだな……まずは話だ。応接室へ行こう。衣更月君も一緒に」

葵は幾らか平静を取り戻すと、花穎と衣更月をエレベーターに乗せて、最上階に場所を移した。

応接室はシンプルなスパニッシュスタイルの部屋だった。

二十畳ほどあるだろうか。陽光を導く窓には上部にアーチがあり、窓の形から通りに面した部屋ではない事が分かる。

入って来た観音開きの扉にステンドグラスが嵌《は》め込まれている以外は、壁も天井ものっぺりとした白色で、部屋の中央に下がるシャンデリアの造形も慎ましやかだ。

花穎の薄く色の入った眼鏡で充分にいなせる色合いである。

「どうぞ掛けて」

葵が花穎と衣更月にソファの上座を勧める。花穎だけが座り、衣更月が傍らに立って固辞すると、葵は「会社の部下とは勝手が違うんだな」と再確認するように頷《うなず》いて、花穎の向かいに腰を下ろした。

それでも、衣更月の分もコーヒーを淹《い》れるのは葵らしい。

「足を運ばせてしまって申し訳ない」

「おじさん、僕は何をすれば良い？　顧客への謝罪？　株主への説明？」

花穎が単刀直入に尋ねると、葵は暫時の真顔を介して、崩れるように破顔した。

「話が早過ぎる」

「けど、社内の事に僕が口出ししても実りはないから」

花穎に求められる役目があるとすれば、対外的な事後処理だ。

性急ではあるが、的外れではないのだろう。葵はコーヒーにスプーンいっぱいのザラメを入れてかき混ぜ、苦い顔でカップに口を付ける。

「そうならないように頑張ってはいるが、予《あらかじ》め、耳には入れておきたい」

「聞かせて下さい」

花穎が居住まいを正すと、葵はいつになく慎重にカップを置いた。

「問題に上がっているのは系列の食品会社、黒鳥《こくちょう》農産で作られている商品だ」

「鳥肉を主体にスナックフードを扱う会社ですね。唐揚げ、軟骨揚げ、鶏《とり》皮揚げ……黒鳥龍茶《ウーロンちゃ》だけ、どうして入っているのかなと不思議に思いました」

「揚げ物にも社名にも合うと企画されて、イートイン出来る店舗に置いたところ、売り上げが三割伸びたらしい。今では主力商品のひとつとして、単独で売り場に卸している店もある」

葵がソファに置かれた紙袋から、ペットボトルを取り出してテーブルに置く。

赤を基調にしたラベルには、『白鳥の湖』のオディールをモデルにしたと見られる黒鳥が描かれ、黒鳥のロゴから棒を一本銜《くわ》えて外し、黒鳥に変えていた。

　悪魔の魔法でオデットに似せられたオディールが悪戯《いたずら》をしているようで、作られた黒鳥龍茶の文字が間違いに見えてくる。

　冗談みたいな商品だが、商売の鉱脈は意外な所にあるのだろう。

「問題があったのは都内のイートイン店舗だ。桜銀座《さくらぎんざ》商店街という通りにあるダンス教室の一階の居抜き物件で、試験勉強や読書も規制していないから、地元の高校生や大学生が客層のメインだ」

「高校生が集まると賑《にぎ》やかなイメージがありますが、勉強になるのでしょうか」

「勉強になってないから賑やかなんだろうなあ」

　葵の失笑に親しみが籠《こも》る。

「先週の七月二十一日、消費者窓口に連絡があった。明太マヨ入り唐揚げを食べたお客様が、帰宅直後に嘔吐《おうと》感と腹痛に見舞われて、病院で点滴を受けたが、他の客に似た症状は出ていないかという問い合わせだ」

　苦情と表現しないところから察するに、訊《き》く方も何が原因か分からず、その日に食べた物全てを疑ったのだろう。

「病院の診断は？」

「食中毒に限りなく近いそうだ」

葵が目頭を指で摘《つま》むように押さえて、物憂げに嘆息する。

「衣更月」

「はい。花穎様」

「食中毒を出した店は、一般的にどういう対処を求められる？」

花穎が上半身を捻《ひね》って後方に立つ衣更月を見上げると、彼は恭しく一礼を返した。

「保健所への通報が義務付けられています。保健所は患者と店の双方を調査して原因究明に当たり、その間、店は営業停止となります。原因が明らかになり、問題が改善されれば営業再開が可能です」

「食中毒発生と断定された場合だな」

「然様《さよう》でございます」

花穎が視線を戻すと、衣更月から引き継ぐように葵が話を続ける。

「その日、明太マヨ入り唐揚げを注文した他のお客様には症状が現れなかった。消費者窓口でもそう説明して、お客様自身が原因は前後に食べた何かだろうと納得した」

「生牡蠣《なまがき》のように食べる人の体調に左右されたという事はありませんか？」

「店側もそれを考えたらしい。一時的に明太マヨの提供を取り止めて本部の裁定を待つ事にしたんだが、日曜にスナック唐揚げを食べたお客様から病院経由で連絡があり、一昨日《おととい》は七味鶏皮揚げを食べたお客様がその場で腹痛を訴えた」

「同店舗の他のメニューは大丈夫なのですか？　刻み梅和え唐揚げとか、ネギ酢がけ唐揚げとか」

「報告にはない」

「因《ちな》みに、黒鳥龍茶は？」

「三人とも飲んでいる。だが、飲んで何ともなかったお客様の方が多い」

花穎は我知らず、眉間《みけん》に皺《しわ》を寄せた。

何とも奇妙な話ではないか。

商品を食べた全員が腹を壊したというなら、原因は店にあるのだろう。しかし、

「三人」

花穎は車の中で読んだファイルの個人名を思い出した。

社員とアルバイトのデータと共に、黒鳥農産と無関係な人物が三人、並んで記されていた。あれが体調不良を起こした顧客の情報なのだろう。

「同一日なら迷わず保健所に通報するところだが、日が空いている。だが、単なる腹痛だと思って、知らせて来ないだけのお客様がいないとも言い切れない」

「他の店舗では起きていないの？」

「今のところは。内部調査委員がアルバイトを含めた全店員に食材の管理と調理方法を確認して、店内設備の点検も行ったが、これと言って他店舗との違いは見付からな

かったらしい。こうなると――」

葵は言いかけて、思い留《とど》まるように空咳《からせき》をし、コーヒーで言葉を遠ざける。

(あ……)

花穎は眼鏡を直す振りをして、ずらしたレンズの上から肉眼で彼を見た。

葵の顔色が僅《わず》かに沈む。緊張して、血流が滞ったからだ。

葵は花穎に隠し事をしている。

(何を?)

花穎は葵にも衣更月にも気付かれないよう、時間を掛けてザラメを掬《すく》い、一粒ずつ落とすようにコーヒーに入れて、溶けきってもまだかき混ぜ続けた。

単調な動作が思考に余白を作る。

体調不良を訴えた客は全員ではない。

食材管理と調理方法に問題はなく、同じ工場で加工されたものを使用している他店で問題は起きていない。

もし、三人の客が店で食べた物で体調を崩したのだとしたら、最も単純で恐ろしい『万が一の可能性』が浮上する。

三人の食べた物だけが正常でなかった。

「誰かが毒を盛った?」

花穎は、コーヒーをかき混ぜる手を止めた。

「何を言うかと思えば」

葵は笑ったが、表情は何処かぎこちない。

「おじさんが僕に謝るのは、社員から犯罪者が出るかもしれないという事？」

花穎が明確に言い換えると、葵は遂に笑顔を引っ込めて、観念したように花穎と目を合わせた。

「最悪の想定だ。仮に犯人が店員でなかったとしても報道は免れない」

「店員でないなら店も被害者です」

花穎は首を傾げた。

社内の人間が顧客に毒を盛ったとなれば、犯人は逮捕、客足は遠退《とおの》き、経営困難に陥る事は容易に想像が付く。スナックフード事業からの撤退も考えなければならない。

だが、犯人も客だったとしたら、店は犯罪に巻き込まれただけだ。

ところが、葵は困ったように微苦笑する。

「報道の厄介なところは、世間に責められるのが加害者だけではなくなるという点だ。余波は加害者の家族に及び、時に矛先が被害者に向いて、無実の人々が恰《あたか》も加害者であるかのように生活を脅かされる」

「理解に苦しみます」

葵は同意したが、撤回はしなかった。

裁かれるのは悪事を犯した者のみ。そんな一足す一より明快な原理が何故、実現されないのだろう。

「烏丸家を不用意に敵に回したがるマスコミはいないが、企業イメージはまず間違いなく悪化する。こんな事になって、本当に申し訳ない」

葵は両膝《りょうひざ》に手を突いて、深々と頭を下げた。

彼が謝る事ではない。

花穎には何もかもが不条理に思えて、ペットボトルの黒鳥を睨《にら》み付けた。

「同感だ」

4

期末試験が終わった後だったのは不幸中の幸いだ。

黒鳥農産の内部調査資料は社外持ち出し厳禁の機密文書で、頭に詰め込んで帰るしかない。無論、暗記する必要はなく、経営、雇用共に問題がなかった事が確認されたが、西洋美術史の記憶は既にぼやけて淡雪の様に消えつつある。

花穎は葵と数人の社員に見送られて車に乗り、衣更月が行き先を伝える前に目的地を指定した。

「駒地。桜銀座商店街に行ってくれ」

「はい」

駒地が信号待ちの間に手早く商店街の名前を入力して、画面案内を開始する。

衣更月はシートベルトを締めると、内ポケットから手帳を取り出して、懐中時計と照らし合わせた。

「花穎様。お夕食は外でお召し上がりになりますか？」

「いや、実際に商店街を見てみたいだけだ。時間までに帰って食べる」

花穎は殊更さりげない口調に徹して、他愛もない寄り道であると強調した。

大学の構内で台車とぶつかりそうになっただけで、あの冷たい眼差《まなざ》しにチクリと刺す小言だ。問題の起きた現場を見たいなどと馬鹿正直に話したら、衣更月は駒地を言い包《くる》めて家に直行させた上に、到着まで延々と当主の在り方を説きかねない。

「お供致します」

花穎が助手席の方を見ないで平静を装っていると、視界の端で衣更月が目礼した。

「好きにしろ」

別段、後ろめたい事はない。

（少し気になるだけだ）

花穎は再び、黒鳥農産のファイルを開いて、体調不良を起こした顧客三名のデータをさらった。

二人は商店街の店員、一人は商店街を通学路とする大学生だ。いずれも揚げ物と黒烏龍茶《ウーロンちゃ》を注文して、店内で完食している。同行者はなし。来店時間は昼の前後に夕方とバラバラだ。

店から南へ二キロ行った所に私立大学があり、大学生の彼女は駅の反対側にあるアパートから商店街を通って登下校しているらしい。店員二人はそれぞれ古書店の店員とスポーツジムのインストラクターだという。

「商店街の中には車では入れないようです。駅前にお停めして良いですか？」

「うん。三十分で戻る」

駒地がバスの停留所の後方に車を停止させる。衣更月が助手席から降りて後部ドアを開け、頭上の縁に手を添える。

花穎はアスファルトの歩道に降り立った。

駅前にはファストフード店や銀行、ドラッグストアが軒を連ねて、花穎の視覚に原色をペタペタと塗り付ける。複雑な色の組み合わせの様な不快感はないが、強い色はただただ眩《まぶ》しい。

花顆が顔を背けて逃げた先に、商店街はあった。

路地の始まりに建てられた鉄骨のゲートは錆《さ》びが浮き、鉄板で作られた桜銀座商店街の文字は日に焼けて斑《まだら》にくすんでいる。おそらく以前は桜色だったのだろう。

「ここを通って学校へ行くのか」

「自転車の通行が許可されているようです。花顆様、お気を付け下さい」

衣更月が言った傍から、高校生の乗った自転車が花顆の間近をすり抜ける。

花顆は半歩左に寄って対向者を避け、好奇心に抗《あらが》いながら通りを下った。本心を言うと興味を惹《ひ》かれる物があちこちにあったが、雑多な色と人通りが花顆の視神経に負担を掛けて、一歩進むごとに脳幹に鉛を詰められるような重みが増す。

五軒ほど通り過ぎた時には、目を閉じてしまいたい億劫《おっくう》さが勝って、花顆は立ち止まり、瞼《まぶた》を下ろして呼吸を整えた。

「花顆様」

「大丈夫だ、すぐに治まる」

なんと厄介な目だろうか。色彩の感知精度が高いと言えば聞こえは良いが、生まれてこの方、長い付き合いになるというのに花顆は未《いま》だに上手な扱い方が分からない。

こうして動けなくなっては目を塞《ふさ》ぎ、騙《だま》しだまし進むのがせいぜいだ。

「……失礼致します」

衣更月が声を潜める。

花穎は目を瞑《つむ》っていたので、何をされたのか、すぐには分からなかった。

否、目を開けても分からない。

先程まで花穎は通りに立っていたはずだが、今は何故か、喫茶店の軒先のベンチに座らされている。やったのは衣更月しかあり得ない。一瞬で人間を移動させるとは、一体どんな手品を使ったのだろう。

花穎が茫然《ぼうぜん》としていると、衣更月は花穎の前にしゃがんで、濡《ぬ》れたタオルを差し出した。眼鏡を外してタオルを目頭に当てると、たった今冷蔵庫から取り出したみたいに冷たい。

「お水を召し上がりますか?」

「ハハ」

花穎は堪《こら》えきれず笑みを零《こぼ》した。執事とは何処まで万事に備えているのだろう。冷えたタオルを瞼に押し当てると、眼球から眩暈《めまい》が溶け出していくようだ。

「今日は反対しないんだな」

「…………」

衣更月は執事の仕事に誇りを持っている。烏丸家当主として相応《ふさわ》しい行動を。烏丸家当主として身の安全を第一に。

衣更月が花穎に当主らしくある事を望むのは、烏丸家を守ると同時に、主人の健全、健康、安全な生活を補佐するのが執事だと考えているからだ。

衣更月は、危険な事に花穎が関わるのを殊更嫌がる。だから彼が、犯人がいるかもしれない事件や現場に近寄ってはならないと言わないのが、花穎には不思議だった。

花穎がタオルを鼻先にずらして瞼を上げると、衣更月は無感動に花穎の眼鏡を拭《ふ》いている。

「当主のお立場を失念なさった行為はお止めせよと教えられました。しかしながら、本日はその条件に該当致しません」

「該当しない？」

花穎は眼鏡を受け取って掛け直した。視界の彩度が下がって頭痛が和らぐ。

「恐れながら、花穎様は葵様――言うなれば、苦境にある部下を慮《おもんぱか》り、根拠をお持ちの上で行動を起こされたようにお見受け致しました」

よく見ている。花穎は口があんぐりと開いてしまいそうになって、間の抜けた口元をタオルで隠した。

本社で頭を下げた葵の、白髪の交じった後頭部を見た時、花穎は動揺した。

葵は大きくて頼もしくて、父親を助け、花穎が泣いても狼狽《うろた》えない人だったから、大人という名の超人の様に思っていた。

花穎は唐突に、葵が超人ではないと理解した。決して彼が衰えたのではない。今までの花穎が見えていなかったのだ。

葵の功績の裏にある人間らしいごく当たり前の労力や努力が、血肉を持って花穎の実感となった。

烏丸家を支えてくれる人だ。彼を守らなければならない。

「花穎様が当主として御決断なさった事ならば、お助けするのが執事の務めです」

彼に言われると、まるで地球創生前からの決まり事の様に聞こえる。

(また止められると思ったのに)

花穎は微温《ぬる》くなったタオルを衣更月の前に突き出した。上を向いた手の平にタオルを載せ、そのまま力を加えて押さえてやると、衣更月の手首が数ミリ沈み、咄嗟《とっさ》に押し返した所為《せい》で花穎の指先にも微《かす》かな焦りが伝わる。

意味はない。ただの八つ当たりだ。

花穎の理想は何があっても悠然と構える、威厳と貫禄《かんろく》に溢《あふ》れた主人であるのに、花穎ばかりが焦ったり動揺したりしているのは悔しいではないか。

「……お戯れを」

涼しい顔までは崩せなかったが、良しとしよう。

花穎は手を離した。まだ高い気温に晒《さら》されて、手はすぐに乾いた。

「おじさんの話は奇妙《おか》しい」

「そうでしょうか」

衣更月が慎重に結論を保留する。

「おじさんが嘘を吐いていない事は僕が保証する。にも拘《かかわ》らず、平仄《ひょうそく》が合わないのは何故か。おじさん以外の誰かが嘘を吐いているからだ」

「黒鳥《オディール》は誰か、でございますね」

「悪魔的な変装だ」

執事の回り諄《くど》い論法に付き合って、花穎は勢いを付けてベンチから立ち上がった。

5

段ボール箱が通りまではみ出している。

四方の蓋《ふた》を外側に折り曲げて、ビニールテープで括《くく》って固定する。筆ペンで数字を書いた紙を挟んで、箱ごとに値段を区分しているようだ。

カバーがなくなった文庫本、乱丁とシールを貼られた新書本、鉛筆で其処彼処《そこかしこ》に書き込みがあるハードカバー、全五巻の三巻だけが抜けた文集のセットなどもある。この価格でも要らないという人もいれば、足を棒にして絶版の本を探し回った末に辿《たど》り着く人もいるのだろう。

「向こうは任せた」

花穎は眼鏡を衣更月に預けて、ガラスの扉を引いた。

見た事のない色の電灯が店の中を照らしている。黄色にくすんだような蛍光灯だ。空調が埃《ほこり》っぽい風を送り、古い紙の匂いが花穎の呼吸を短くする。語調《トーン》が高い割に聞き取り難《にく》い、小さな声が遠くで笑うのが聞こえた。ラジオが流れているらしい。

花穎は本棚の間を歩き、本を何冊か手前に倒してみた。外に積まれた本より状態の良いものが多い。それでも古いものになると側面に染みが斑点《はんてん》を散らし、花穎の目で見るまでもなく変色が確認出来た。

花穎は幾つかの本棚を見て回り、何も持たずにレジへ向かった。

「いらっしゃいませ」

未分類の本が積み上げられている。読みかけの本を置いて顔を上げた店員の面差しが、車の中で見たファイルの写真と脳内で一致した。

三人目の被害者である。

赤茶に染めた髪を後頭部に流してカチューシャで留め、黒く短い眉《まゆ》は目の幅の半分しかない。データには三十歳とあったが、エプロンにTシャツとジーパンという軽装からか、大学生と言われても違和感はなかっただろう。

花穎は当たり障りのない笑顔を浮かべた。

「急に時間を潰《つぶ》さなければならなくなったのですが、お勧めの本はありますか？」

「小説ですか？　ノンフィクション系ですか？」

「どちらも読みます。あと、何処か本を読めるようなお店があればと思って探しているのですが、駅の方に戻れば何かあるでしょうか」

「ああ……そうですね」

店員はレジ奥に積まれた本の山から、薄い新書本を引き抜いて、振り返るなり愛想良く笑い返した。

「この本はどうですか？　古今東西のソウルフードについて」

「いいですね。それを下さい」

「そうだ、本を読むなら二軒隣にある唐揚げの店がお勧めですよ」

人は、嘘を吐く時、瞳《ひとみ》の色が変化する。

瞳孔《どうこう》が開くのか、血流が滞るのか、理屈は分からない。だが、花穎は小さな頃から何度も見てきた。

葵は嘘を吐いていなかった。

王子を欺いた黒鳥は、この店員だ。

(いや、見るまでもない)

嘘でなければ何故、自分が腹を壊して間もない店を勧められる。

「どうしました?」

店員が顎《あご》を引いて花穎を窺《うかが》う。

花穎は滲《にじ》んでしまった不信感を、別の言葉で誤魔化した。

「その店は噂で聞いたものですから。食べるとお腹を壊す事があるとか」

「知りませんでした。そうなんですか?」

店員が驚いてみせる。

花穎が千円札を渡すと、店員は旧型のレジに金額を打ち込んだ。ドロワが開き、印刷ヘッドがカタカタと歪《いびつ》な音を立てるが、レシートは一向に出てこない。

「噂で聞きました。妙な噂です」

花穎の言葉に、店員が耳を欹《そばだ》てているのが分かる。

「カビや細菌が原因なら、元が同じなのだから、症状が出るまでの時間は大差ないはずでしょう? けれど、潜伏期間が合わないのだそうです」

「へえ、奇妙な話ですね」

ボリュームも上げていないのに、ラジオの声が大きくなったように聞こえる。楽しそうに笑い、盛り上げる口調がやけに空々しい。

釣り銭と本が勘定台に置かれる。

体調不良を起こした三人の内、二人は夜になって異変を来し、一人は食べた直後に痛みを訴えた。

店で提供される飲食物に異常は認められなかった。

それでは、毒は何処から体内に入り込んだのか。

黒鳥カフェでは多くの客が本を読み、勉強をしながら軽食を取る。

勘定台に本が置かれている。

「きっと暇な人が脚色したのでしょう」

花穎は釣り銭と本を受け取った。

「唐揚げのお店、行ってみます。御親切にありがとうございました」

「ま、待って下さい」

背を向けた花穎を、店員が呼び止める。

「忘れていました。実はそれ、取り置きを頼まれている本なんです。こっちの本と替えてもらえませんか？　値段は同じで構いません」

分厚い大判書籍を急いで引き抜いた所為で、本の山がひとつ崩れる。

花穎の手にある本はおそらく、店の潔白の証拠になる。

系列会社には科学分析に長けた研究施設があり、そこへ送れば多くの情報が得られるだろう。

通りから店の扉のガラス越しに、衣更月がこちらを窺っている。

花穎は踵を返し、勘定台に新書本を置いた。

「ありがとうございます」

花穎が代わりの大判書籍を受け取ると、店員の瞳から嘘の色が消えた。

6

烏丸家の料理人は、花穎の心を見抜く術を習得しているのではないだろうか。

帰宅した花穎を待っていたのはグリーンカレーにダルカレー、ヨーグルトサラダ、そして、タンドリーチキンだった。

黒鳥カフェの様々な鶏メニューを話だけ聞かされて、花穎の胃がチキンを欲していたところだ。

晩餐室に隣接する配膳室から、衣更月が焼きたてのナンを運ぶ。

縦長の窓と交互に飾られた風景画、シャンデリアと白壁に施された彫刻は西洋風だが、暖炉《マントルピース》の火入れ口に飾られた植物はインドゴムの木とガジュマルだ。今朝まではパキラだったから、庭師がメニューに合わせて入れ替えたのだろう。

「いただきます」

花穎は食卓に挨拶《あいさつ》して、ナイフとフォークでタンドリーチキンを骨から外した。口に運ぶと香辛料の風味が広がって鼻に抜ける。柔らかさと歯応《はごた》えのバランスが絶妙だ。皮だけこんがりと焼かれているのも花穎好みである。

衣更月がグラスに水を注ぐ。

花穎は波打って上がる水位を眺めて、まだ聞いていない事があるのを思い出した。

「黒鳥カフェの防犯カメラはどうだった？」

「体調を崩した二名はいずれも、飲食時に本を読んでいたようです」

衣更月が重い水差しをマグカップみたいに軽々と引き上げる。

的中して嬉《うれ》しくない推測もあるものだ。

「甘酢掛けなどのカトラリーが添えられるメニューでは起きなかった、手で食べるスナックフードのみで成立する罠《わな》だな。多くの客が本を読む中で、まさか自分の本にだけ毒が付着しているとは思わないだろう」

「その『手で食べる』方式が誘因となった疑いがあります」

「どういう事だ？」

花穎はナンを千切って二つ折りにし、ダルカレーの豆を掬《すく》った。

「古本店と付き合いのある玩具《おもちゃ》店の店長に話を聞く事が出来ました。汚れた手で本を触られる事があると、古本店の店員が零《こぼ》していたようです」

「それが黒鳥カフェの客だと？」

「限定されるものではありません。店では手拭《てふ》き用に紙おしぼりを配布しております。しかしながら、そのように思い込む土壌はあったと考えられます」

「手に付いた油で本を汚されたから、本に付けた毒で手を汚したのか。安直というか、ハンムラビというか」

花穎はフィンガーボールに伸ばそうとしていた右手を手首で返し、指先を見た。この手で売り物の本に触ったとしたら、店員が怒るのも解らないではない。

花穎はいつもより入念に指先を洗い、手巾《しゅきん》に水分を吸い取らせた。

「薬品か、カビか、毒を付着させた本を購入した客が全てカフェを訪れる訳ではない。二人が成功したと知り、逸《はや》って自らダメ押しに出たのが運の尽きだな」

「葵様と店にはお知らせせずともよろしいのですか？」

「軽く釘《くぎ》を刺したら僕を嵌《は》めるのを諦《あきら》めた。もうやらないだろう」

「本人に、犯行の話を？」

瞬間的に。

常から人情味に欠ける衣更月の声音が完全に冷え切って、花穎を血液から凍らせる。怯《ひる》んでなるものか。花穎は胸を反らした。

「サンプルが増えれば例外が目立つと仄《ほの》めかしただけだ。噂で聞いた事にして、倒れてみせた本人だとは気付いていない態《てい》で話している」

衣更月の視線はまだ懐疑的だ。

花穎はヨーグルトサラダのマスカットにフォークを突き刺した。

「おじさんが犯人探しより企業イメージに心を配っているのはこういう事だろう？」

花穎のした事はきっと正義ではない。

だが、毒を盛られた店と犯人、被害者だと声高に訴えて誰が救われるだろう。葵は、報道されれば犯人と被害者が混合されると言った。俄《にわ》かには信じ難いが、事実ならば善良な客三人と手厚く対応した企業とする事で共倒れの回避を図れる。

その為には、葵と黒鳥農産は犯人の存在を知ってはならない。

執事の仕事が家を守る事ならば、花穎の仕事は家に関わる皆を守る事だ。

「犯行が止まれば良し、止まらなければ警察に一任する。異論は？」

花穎がマスカットを咀嚼《そしやく》して飲み込み、フォークを置くと、衣更月は考え込むように俯《うつむ》いて、砂時計を凝視する。

「烏丸家を陥れる者はあらゆる手を尽くして根絶やしにしたい所存ではございますが、

御命令ならば従うまでです」

息継ぎもせず、無機質な表情で恐ろしい願望を語らないでもらいたい。琥珀《こはく》色の砂まで身を竦《すく》めて時を止めそうだ。

「但し、次は容赦致しません。執事の顔は一度までででございます」

「少ない！」

花穎は思わず反駁《はんばく》したが、衣更月は気に留めた様子もなく、優雅な仕草でティーカップに紅茶を注ぐ。

柔らかな湯気とディンブラの素朴な香り。ノリタケの茶器では数少ない墨色の柄は花穎の疲れた目を労《いた》わる。添えられた菓子は甘いミルクチョコレートだ。

冷ややかで、口煩《うるさ》くて、主家が一番の完璧《かんぺき》な執事。

花穎もすぐに、素晴らしき当主になってみせる。花穎は背骨に意識的に芯《しん》を通して、温かい紅茶を身体に染み渡らせた。

第2話　死神の蠟燭

1

当主に夏休みはない。

花穎《かえい》は書斎のソファで仰向《あおむ》けになって、机に整然と並べられた封筒の束を逆さまに見上げた。

夏、多くの人々が社交の場を国外に移す。

猫が温かい場所を探し、犬が涼しい場所を見付け出すに等しい。様々な季節に応じて最も過ごしやすい場所で暮らしたいという明快な発想だ。

花穎に送られてきた封書は様々な招待状だった。

休暇《バカンス》、晩餐会《バンケット》、勉強会《カンファレンス》。人脈を広げ、社会に貢献する為の、社交の場である。

当主の座に就いたからには他家との付き合いも蔑《ないがし》ろに出来ない。

花穎は人付き合いが苦手だ。

父親も、おっとりとした気性で、積極的に交友を広げる人ではなかった。好んで独りでいる事も多く、そんな時は決まって幸せそうな穏やかな表情をしているから、幼い花穎は声を掛けずこっそりと彼の背を見ていたものだ。

反面、一度《ひとたび》、人と顔を合わせると、父親はとても愛想が良く、社交的でもあった。あれは天性の才能なのか、当主の責任か。

友達もロクに作らず十九年間を生きてきた花穎には、自分に対してさほど興味のない相手と腹を探り合いながら弱みを隠して談笑するのは、難関が過ぎて苦行に近い。

花穎は手探りでクッションを抱き寄せた。

「お父さんは今何処だ？」

引退したのを良い事に、前任執事の鳳《おおとり》を連れて世界を転々としているのだから、会場の近い招待を受けてくれないだろうか。招待主の中には、まだ四十代半ばの父親の隠居に首を傾げて、半信半疑の人も少なくない。

花穎の宙に放り投げるような問いかけに、衣更月《きさらぎ》は署名済みの契約書をまとめていた手を止め、手帳の類《たぐ》いを確認する事なく速やかに答えた。

「カナダで音楽フェスを御鑑賞になられた後、オーロラを観測なさるまでノースウェスト準州に御滞在予定と伺っております」

「夏に？」

「冬に比べると発生条件が厳しくなりますが、根気よく待つ事さえ出来れば、心地よい気候の中で御覧頂く事が叶《かな》います」

つまり、オーロラを観ない限り、動く気はないという事だ。仕方ない。

「学校が休みの期間で、烏丸《からすま》家に必要と思われる付き合いをピックアップしてくれ」

「畏《かしこ》まりました。会の種類に優先順位はございますか？」

「ない」

どうせ等しく最下位である。

花穎はクッションを抱えて横向きに身体を倒し、ソファの背に顔を埋めた。あと十三秒だらけたら、起き上がって机に戻ろう。

（あと十二秒）

紙の擦れ合う音が静寂を和らげる。衣更月が封筒を選《よ》り分けている。

（あと七秒）

起きて、座って、ペンを取り、便箋《びんせん》に向き合うシミュレーションをする。

（あと二秒）

起き上がらなければ。

その時、花穎の決意を刈り取るように、短い着信音が鳴った。

今起きようと思ったのに。

花穎は上体を捻《ひね》り、音のした方へ恨みがましい眼差《まなざ》しを向けた。その視線を遮って、衣更月が革のトレイに載せたスマートフォンを差し出す。

花穎は芋虫の様に身体を起こして、シトラスケーキを写した待ち受け画面を見た。

グレープフルーツタルトとオレンジゼリーの間に札を貼り付けるように、メッセージの通知を知らせるダイアログが表示されている。

「石漱《いしぜき》君だ。補講終わったのかな。お疲れ様」

花穎は届かない挨拶《あいさつ》を口頭でして、スマートフォンのロックを解除した。

何日も跨《また》いで用件のみを送り合う簡素なメッセージ画面の最下段に、ライトグレーの吹き出しが短い一言を届けた。

『週末に祭がある』

文字が目から脳に伝わり、石漱のぶっきらぼうな物言いで再生される。彼らしい。

続けて新しいメッセージを着信する。

『土日来る？』

「？」

『泊まりで』

「……！」

花穎は両手でスマートフォンを掲げた。ワイパーがフロントガラスの雨を除《よ》けて視界を確保するように、瞬きを繰り返して読み間違いがない事を何度も確認する。

間違いではない。多分、おそらく、きっと、絶対に。

花穎はソファから足を下ろした。

「衣更月。予定の変更だ。今週末の招待は全て断ってくれ」

「畏まりました。新たな御予定を伺えますか？」

「と――」

一音目で緊張が言葉を上回る。花穎はスマートフォンを握り締めて、人生初の一文《センテンス》を声にした。

「友達の家に泊まりに行く」

2

最初は、潮風だと分からなかった。

海に行った事はある。

母親が存命の頃は家族でビーチを訪れた。波が足に打ち付ける勢いも、足の下の砂が浚《さら》われて抉《えぐ》れる不可思議さも、頬を伝って唇に触れる海水の味も、鳳が受け止めてくれたバスタオルのふわふわとした柔らかさも思い出せる。

だが、花穎の日々の暮らしには、海が近くになかった。だから、車を降り立った時、慣れ親しんだ空気との違いが海から来るものだと分かるまでに時間を要した。

「明日、夕刻にこちらにお迎えにあがります」

「うん。見送らずに行って良いぞ」

「失礼致します」

衣更月が運転席に乗り込み、花穎を残して車を発進させる。花穎が使用人に臨時の休日を指示した為、駒地《こまじ》の代わりに衣更月が運転して来たのだ。衣更月も屋敷に着いてから、約二十四時間の休暇を取る事が出来るだろう。

花穎は小さな駅舎の軒先に立った。二両しかない電車が止まると、楽しげな笑い声が聞こえたが、改札を通る人はいない。

駅舎から少し離れた所で踏切が降りる。カンカンカンと鳴る警告音と、発車ベルが重なる。ドアが閉まり、電車が再び走り出してから、花穎はその踏切が駅を発車する電車の為のものであったと気が付いた。

電車が海沿いの線路をなぞって走り去る。

踏切の遮断機が開き、白と黄色の車が通り過ぎた後、一台の自転車が線路を横切る。自転車は一漕《こ》ぎごとにぐんぐんと速度を上げて、駅舎の前に滑り込んだ。

「烏丸」

体操選手みたいに自転車から飛び降りて、石漱が手を挙げた。

左胸にポケットとロゴが入ったネイビーのTシャツと灰茶色のハーフパンツ、素足にサンダルを引っかけて、風通しの良さそうな格好だが、丸い額にはじんわりと汗が滲《にじ》んでいる。

「石漱君。今日はお招き——えっと、誘ってくれてありがとう」

「荷物それだけ？」

「あ、うん」

花穎は上体を捻って、肩に掛けた小型のボストンバッグを見せた。

このサイズにまとまるまでに、二階のクロゼットルームを凄惨《せいさん》な有り様にしてしまった事は、後ほど従者《ヴァレット》兼使用人頭《ヘッドサーヴァント》の峻《しゅん》に詫《わ》びなければならない。

今まで旅先のホテルでは部屋に必要な物が揃っていたし、不足を感じても必ず鳳が持っていたから、荷造りがこんなに大変だとは思わなかった。峻がいなかったら、花穎は未《いま》だにクロゼットルームを出られずにいたか、幾つものスーツケースを積み重ねていただろう。

「貸して」

石漱は花穎の肩からボストンバッグを取り、自転車の前カゴに入れて、上からゴム製の網を被《かぶ》せた。

「これは何？」

「盗難防止。やらないと、後ろから追い抜き様に持って行かれる」

「文明の利器だ」

花穎は感心して目を輝かせた。網の端にはフックが付いており、前カゴの格子にしっかりと引っかかっている。

石漱が後輪のスタンドを上げて自転車を押す。

「家寄って、荷物と自転車置いてから行こうぜ」

「うん」

花穎は努めて学校にいる時と同じように振る舞ったが、自然に出来ただろうか。何しろ花穎の脳は見るもの聞くもの、あらゆる情報の処理に追われて、稼働領域の限界に挑みつつあった。

線路を横切り、線路沿いの歩道を並んで歩く。

踏切を渡るまでは見えていなかった。

花穎は海に視界を奪われた。

白く霞《かす》んだ水平線。生まれては消える波。眼鏡で彩度を落としてもまだ青い。灼熱《しゃくねつ》の日差しを潮騒と共に砕いて散らし、打ち寄せた砂浜で制服の中学生がはしゃぎ回っている。

足元を海風が吹き抜ける。ガードレールの切れ間から砂浜に降りる石段には、数匹の猫が暑さにも飽いたように後ろ足を投げ出して寝転がっていた。

「石漱君、あれは何？」

花穎が車道越しに指差すと、石漱が首を伸ばして視線を重ねる。

砂浜と道路の間に石畳が敷いてある。

そこに、奇妙な街灯があった。

地面に鉄柱を突き立て、クジラの潮を描くように先端が二股《ふたまた》に分かれて弓なりに曲がっているのだが、どう見ても電灯が付いていない。更に言えば、隣の支柱との間隔が一メートルほどしかなかった。狭過ぎる。

「シャワー」

「へ？」

思いも寄らない単語が返されて、花穎は石漱を振り返った。

彼は歩道側へ傾けたハンドルを戻し、自転車を押して歩き出す。花穎は小走りで彼に追い付いた。

「シャワーって、洗うシャワーだよね」

「そう。海で泳いで、彼処《あそこ》で海水を流して帰る」

「着替えは？」

「上から着る。家に帰るまでに乾くし」

石漱は言ってから「制服でやると怒られるんだよな」とぼやくように付け足した。

効率的の極みを見た思いだ。花穎は歩きながら振り向いて、もう一度、鉄柱を見た。着替える場所も、湯を沸かす設備もない。その分、使用時間は抑えられ、より多くの人が利用出来るだろう。

彼にとって、海は生活の一部だ。

野晒《のざら》しのシャワーから実感する事になるとは、花穎は今の今まで思いもしなかった。

「いつも自転車？」

「自転車で鎌倉《かまくら》まで行って、電車。一時間くらい」

学内の平均通学時間は三十分と聞くから、石漱は遠い方だろう。こうして歩くだけでも、行きより帰りに体力の要る通学路だと分かる。

坂が多いのだ。

海から山へ登る道に家屋が連なる様は、藤の花を思わせる。それぞれを横道で繋《つな》ぎ、裾野《すその》に房を下げるようだった。

どの通りも車がすれ違うのが困難なほど狭く、花穎には似通って見える。

石漱が——当然だが、迷わず坂を登って行くので、花穎は見失わないよう必死で歩幅を合わせた。荷物を載せて自転車を押す石漱の方が涼しい顔をしている。花穎も、庭の散歩をランニングに変えた方が良いかもしれない。

「家、ここ」

石漱が自転車を停めたのは、横道の海側に建つ二階建ての家の前だ。

彼は防犯ネットを外して鞄《かばん》を花穎に返し、ポケットを探って鍵《かぎ》を取り出した。

「親、祭と飲み会で明日まで帰らないから好きに使って」

石漱が玄関の扉を開けて靴を脱ぐ。

「蚊が入るから早く、閉める」

「！　お邪魔します」

花穎は空気が閊《つか》えているみたいに重い扉を引き寄せて閉め、鍵を回した。

外は海や車や線路の音、時折、空を行く飛行機で音に溢《あふ》れていたのに、扉を一枚隔てた途端、嘘のように静まり返っている。たった扉一枚だ。驚いた。

自宅とは異なる匂いがして、お前は何者だと問われるような感覚に、花穎は留学した頃を思い出した。会話や習慣に慣れる為、父親の知人に預けられた時の記憶だ。

彼の家には二人の子供がいて、階段の陰から顔を覗《のぞ》かせると、花穎を見て思い切り顔を顰《しか》めてみせた。

ひょこ、と。

廊下に面した扉のない部屋から、石漱が顔を出す。

「烏丸。俺の部屋、上」

お盆にグラスを二つ載せて、反対の手には二リットルのペットボトルを下げている。

花穎はホッとして、三和土《たたき》で靴を脱ぎ、左手で踵《かかと》を揃えた。

石漱の部屋は海に面していた。無論、家々が建ち並ぶ向こうに海が見えるという意味だが、斜面に建っている為、隣家の屋根が思いの外、低い。

エアコンのスイッチが入れられて、送り出される冷風がレースのカーテンを揺らす。

「暑っちい。夜までに涼しくなると良いな」

「石漱君。これ、お土産。お家《うち》の方に」

「手ぶらでいいのに」

「そういう訳には」

一泊世話になるのだ。花穎が首を振ると、石漱は菓子折りとお盆をローテーブルに置いて、二つのグラスに茶を注ぐ。グラスの一方を手に石漱がベッドに座ったので、花穎は少し迷って、学習机の椅子を借りる事にした。

机は、現在はあまり使われていないらしい。透明なマットに挟み込まれているのは高校三年の時間割で、棚にも大学では使わない教科書が隙間なく差さっている。

手元を照らすはずの電気スタンドは電灯が取り外されており、付箋《ふせん》メモを貼るボード代わりにされていたが、そこに洗濯バサミで葉書サイズの絵が留められていた。

花穎も見た事がある、石漱が大切にしている絵だ。

初めは部屋が蒸し暑くて送風機の様だったエアコンが、六畳の和室を快適な温度まで下げる。花穎は微笑んでしまう口元にグラスを当てた。

「飯、どうする？」

「どうって？」

「祭の屋台とか苦手だろ」

石漱が自分のグラスに麦茶を注ぎ足す。

「食べるよ！　屋台で、ごはん」

「ん、分かった」

花穎は断固、主張したが、石漱はどちらでも構わないと言いたげだ。

実際、彼には大した問題ではないのだろう。

それでも、郷に入っては郷に従え、だ。

「用意しよう」

石漱が二杯目の麦茶を飲み干すのを追いかけて、花穎もグラスの麦茶を飲めるだけ飲んだ。

「僕にもしておく事はある？」

「ある。待ってて」

石漱は部屋を出て行くと、間もなく、段ボール箱を抱えて戻って来た。

随分と古い。段ボールは日焼けして色褪《いろあ》せており、角を留めるビニールテープは黄ばんで硬く、触れたらパリパリと割れて剝《は》がれ落ちてしまいそうだ。

中には木や紙、プラスチックのパーツが入っている。

石漱が取り出した木製の骨組みは、元の形から折りたたまれていたらしい。骨組みを広げて留め具を差し、内側から底面に正方形の板を渡して、蠟燭《ろうそく》皿を固定する。

飾り格子の様な骨組みには和紙が貼られており、所々が花の形に切り抜いた真新しい和紙で補強されている。

石漱は上端の輪に持ち手を通して、その先を花穎の方へ向けた。

「烏丸の分」

「灯籠《とうろう》？」

「そう。手提げ灯籠」

石漱は二つ目を組み立てて、親指で留め具を押す強さで、声音に力が籠《こも》る。

「魂の入れ物だ」

花穎は耳を疑った。

「たまし……玉虫？」

だが、渡された灯籠は底に空気穴が空いており、上部にはそもそも蓋《ふた》がなく、虫など閉じ込められそうにない。閉じ込めたら閉じ込めたで、蠟燭の火に炙《あぶ》られるだろう。

「魂」

「だ、誰の魂を入れるの？」

「烏丸」

石漱が平然と言うので、花穎はどうすれば良いのか分からなくなって、灯籠を机に置き、指を広げてみた。

赤みが差した皮膚の下を、青い血管が通っている。

花穎は両手を握って石漱を見た。

「取り外し方が分からない」

戸惑う花穎に、石漱は目線を手元に落として灯籠を組み上げてから、時間が追い付いたみたいに吹き出した。

「そんなの、俺も知らねえよ」

「でも、さっきは」

舌の根の乾かぬうちにとはこの事だ。

「人の言う事、簡単に鵜呑《うの》みにしてて、当主とかやれんの？」

「世界の理《ことわり》を知る賢者ではないからね」

石漱がいつまでも笑みを引きずるので、花穎は口を尖《とが》らせて卑屈に言い返した。

二つ目の蠟燭は芯《しん》が焦げて蠟に埋もれている。

石漱は笑いの名残を苦笑に変えて、爪で芯を摘《つま》んで伸ばした。

「魂を持った人間は、御山の祭に入れない。だから、手提げ灯籠に自分の魂を入れて、人の魂を捕まえた眷属《けんぞく》に成り済ます――振りをする」

「振りの振り？」

「昔は街灯がなかったから、皆、灯籠を下げて祭に行った。けど毎年、置いて帰る奴がいて、御山の神様に攫《さら》われたから持ち帰れなかったんだろうって言われたとこから、反対に、持って帰らないと神様に連れていかれるぞって変化して、忘れ物防止の脅しに使われるようになって、最近では神秘的な風習とか言われてる」

石漱の説明は合理的だ。現代に伝わる過程も論理的に検証されている。

「小銭以外は持って行くなよ。あと、そうだな、人の流れに注意して、灯籠を持って走らない。何かを食べる時は立ち止まってから」

「……石漱君。それ、小さい頃に自分が言われた事じゃない？」

「ばれたか」

石漱が悪びれずに笑うので、花穎も到頭、釣られて笑ってしまった。

3

玄関先で火を入れて、灯籠を提げて海辺を歩く。

家を出た時は明るかった空が瞬く間に薄暗くなり、西の山の端に太陽が隠れたのだと知る。海の方はまだ仄《ほの》かに明るいから、日が沈むまでには猶予があるのだろう。

空に呼応して暗く沈んだ海は、しかし眠りに就く事はない。

陽光がいよいよ失われて波打ち際の境が見えなくなるほど真っ暗になっても、波の音は止まず、徐々に鼓膜が麻痺《まひ》して、道路際を歩く花穎の足元まで海水が迫っているように錯覚させられた。

昼の海では意識しなかった。

真っ暗な海は、巨大な生物の様だ。

「烏丸。次の階段で上る」

花穎が迷わず歩けているのは前を行く石漱と、前後に似たような手提げ灯籠が列を成しているお陰である。この灯《あか》りから逸《そ》れなければ、花穎は確実に目的地に辿《たど》り着ける。花穎の灯りもまた、後ろを歩く誰かの標《しる》べとなっているのだろう。

街灯のなかった時代、子供に灯籠を持たせた親心に助けられているのだと思うと、花穎は自分も、この土地の神様の子供になったような気がした。

「これが海鳥居」

「わあ」

石漱に促されて、花穎は空を仰ぎ、感嘆の声を漏らした。

灯籠に頼り過ぎて、真下に来るまで鳥居がある事に気が付かなかった。

砂浜から車道に上る石段の袂《たもと》に鳥居が立っている。石から削り出された柱は、海風に浸蝕《しんしょく》されて、灯籠の火に粗い凹凸が浮かぶ。

鳥居の前に立って陸側を見上げると、灯籠が連なる山のその先に、二基の鳥居が建てられているのが見えた。

手提げ灯籠の淡い光がゆらゆらと階段を上って行く。車道の街灯が届かない高さになると、人の姿は最早《もはや》目視出来ず、成程、魂が社を目指しているようだった。

「烏丸、足は？」

訊《き》きながら、石漱が屈伸をする。

「まだ歩けるよ」

「上まで二百メートルくらいあるから、走って二分」

二百メートルは、平地で走れば花穎の足で三十秒程度だ。傾斜を考慮して、歩いて五分というところだろうか。

「大丈夫」

「よし」

石漱は仕上げに膝《ひざ》の後ろを伸ばして、最初の鳥居を潜《くぐ》った。

花穎の見立てが甘かった事は、二つ目の鳥居に着くまでもなく思い知った。灯籠《とうろう》を持っている時は走らないと決め事を作ってくれた石漱の両親に感謝しなければならない。さもなければ、花穎は今頃、石漱の灯籠を遥《はる》か遠くに見送っていた事だろう。

「傾斜、きつい……」

これを二分で上り切る石漱の脚力に感服する。

花穎は階段の中央を通る金属製の手摺《てす》りに摑《つか》まって、肩で息を整えた。

「迂回《うかい》して緩い坂道の方に行くか？」

「う、ここまで来たら、鳥居を全部潜りたい」

「もう少し行ったら楽になるから、頑張れ」

「うん」

石漱にぶっきらぼうに励まされて、花穎は次の段を踏んだ。動き始めが最も足が重く思えるから、止まらずに上った方が良いのかもしれない。

花穎は階段を上るというより膝を曲げ伸ばしする事に集中して、単調な動作を繰り返した。

途中で座り込んで泣く子供を追い越し、親の背に負われた彼に追い抜き返されて、階段の中腹まで来た時、花穎は不意に身体が軽くなるのを感じた。

本当に魂が抜けてしまったのではないか。

灯籠の炎が荒ぶる。花穎は咄嗟《とっさ》に、灯籠を腹に抱えた。

花穎の身体が風除《よ》けになって、炎が再び落ち着きを取り戻す。

「風？」

「そう、海から山を上って来る風」

三段上にいる石漱が振り返って、灯籠を持った腕を海の方へ伸ばした。

「下の方では分散してるけど、この辺から追い風になる」

宙に晒《さら》された灯籠の中で炎が千々に乱れ、灯りが明滅する。花穎がハラハラして石漱と彼の灯籠を見比べていると、本人は平気な顔で腕を引き戻した。

少し行けば楽になる、とは風の事だったらしい。

花穎は気力を持ち直して顎《あご》を引いた。

鳥居は階段ごとに建てられていた。階段をひとつ上り切ると車道が現れて、横断した先で鳥居が待ち構える。石漱の言う緩やかなルートはこれらの車道を通るのだろう。

三つ目の階段を上った所で、花穎は社が近い事を覚った。

車道が明るい。建ち並ぶ屋台の電球が通りまで照らしているからだ。ピンクや黒、黄色の幕に商品名を書き連ねて、通りの山側を隙間なく埋めている。

坂を歩いて来た人と階段を上った人との違いは一目で分かった。白地に紺地、花に蝶《ちょう》をちりばめた浴衣《ゆかた》は着崩れず、自立歩行の覚束ない幼児がハーネスで支えられて、ボール掬《すく》いのプールを覗《のぞ》き込んでいる。

カキ氷を食べた子供達が舌を出し合っているので目を凝らすと、舌の変色が食べているカキ氷のシロップと対応しているのが見て取れた。何と奇抜な仕掛けだろう。

屋台の裏側では調理人がタオルで汗を押さえながら鉄板と戦い、共に奮起するかのように小型発電機が唸《うな》りを上げては、電球の明度を増減させた。

「すごい、人がいっぱい」

「あんま見過ぎるなよ」

石漱に忠告されて、花穎は無防備にあちこち見てしまっていた事に気が付いた。夜は色の反射が少ないとは言え、皆無にはなり得ない。

「あ、すみません」

おまけに、不用意に立ち止まった花穎は通行の邪魔をしているようだ。子供が足にぶつかり、浴衣の二人連れが迷惑そうに彼を避《よ》けて、背中に別の人がぶつかる。

一度、流れから逸《はぐ》れてしまうと、どのタイミングでどちらへ歩き出せば良いのか読み取るのが難しくて、周囲を見回して更に棒立ちになる花穎の腕を、石漱が摑んで道路端に寄せた。

「ありがとう」

「財布とスマホ、大丈夫か？」

「お財布？　あるよ。スマホも……」

花穎はズボンのポケットを上から触り、手触りの平坦さに、反対側のポケットも確認した。石漱に倣って鞄《かばん》を持たず、財布とスマートフォンだけをポケットに入れて来たのだが、スマートフォンがどのポケットにも入っていない。

「ない」

頭から一気に血の気が引いて、被害の範囲を想定した。

スマートフォンの本体は買い直せば済む。データもバックアップ済みだ。しかし、花穎のスマートフォンには旧家赤目《あかめ》家次男の連絡先や、不動産王と呼ばれる斎姫長《さいきちょう》十《じゅう》の自宅住所、久丞《くじょう》グループの一人娘と撮った写真、父親への直通の番号などが保存されている。

どれも悪用されたら大掛かりな犯罪に発展する恐れのある情報だ。

今すぐデータを削除しなければならない。

「衣更月に連絡……スマホ、ない」

花穎は冷静な対処を試みたつもりだったが、自分で思うより混乱しているらしい。

「烏丸」

「大丈夫。本当に」

「……お前」

石漱の眉根《まゆね》に皺《しわ》が寄る。

花穎は心臓が上擦るのを感じて身を固くしたが、石漱は花穎本人ではなく、彼の背後を指差した。

「後ろ」

言われた通りに振り向くと、小学校低学年と思《おぼ》しき少年が花穎を見上げている。

「お兄ちゃん、落とした」

少年が差し出しているのはスマートフォンだ。鳳から土産にもらったストラップは、紐《ひも》が切れて根付のガラス玉がなくなっていたが、シトラスケーキの待ち受け画面は紛れもなく花穎のものである。

「どうもありがとう」

花穎がしゃがんで受け取ると、少年は大人びた表情で花穎を見据えた。

「もう失くしちゃダメだよ」

「はい」

諭されてしまった。花穎が返事をするのを聞いて、少年は幼いながらに満足げな笑みを浮かべ、通りを駆け戻った。

「よかったな、烏丸」

「石漱君、声が笑っているんだけど」

「ふ」

指摘した所為《せい》で、石漱の声だけだった綻《ほころ》びが口元まで歪《ゆが》ませる。

「早く行こう。この階段で最後でしょ」

「もう落ちちゃダメだぞ」

「僕は一度も落ちてないから！」

真顔で諭す石漱を追い立てて、花穎はほんのりと白む階段の頂上を目指した。

二本の大木の間に建つ鳥居が最後の一基だった。

平らに均《なら》された土の境内に、石畳が真っ直ぐに道を敷く。

鳥居と社を繫《つな》いだその道を中心に据えて右側に、能舞台が、薪の明かりに聳《そび》え立っている。荒々しい炎が煤《すす》を吐き出して、三日月を退けるかのようだ。

一方、間近に在りながら、空っぽの舞台はそこだけ空間を切り取ったみたいに、天井から吊《つ》り下げた灯籠《とうろう》が静かな光を湛《たた》えている。

舞台を取り囲んで、人々が身を留《とど》めている。

「烏丸。手」

花穎は背を返した。

手水舎《ちょうずしゃ》で石漱が手を洗っている。片方の手が手提げ灯籠で塞《ふさ》がっているにも拘《かかわ》らず、彼は器用に手を入れ替えて、柄杓《ひしゃく》から手の平に注いだ水で口を嗽《すす》ぎ、柄に残った水で柄を流す。

見様見真似といきたいところだが、不慣れな花穎では水滴を飛ばして火を消してしまいそうだ。花穎は地面に灯籠を一旦《いったん》置いて、左右の手を洗い、口を漱いで、ハンカチで水滴を押さえた。

身を屈《かが》めて灯籠を拾い上げる。

これの行くべき所は、手を洗っている間から何となく分かっていた。

石漱が手水舎を出て土の地面を踏む。花穎の後ろからまた一人、少年が彼らを追い越して手提げ灯籠を手放した。

社に向かって左側、手水舎の隣に灯籠の祭壇があった。

木製の階段だ。赤い布を被《かぶ》せて釘《くぎ》で固定してある。

桃の節句の雛壇《ひなだん》に似ているが、階段の一部が下段から削り取られており、真上から見下ろす事が出来ればコの字に見えただろう。踏み面に瓶敷の様な足付きのコースターを並べて、そこに様々な形の灯籠が鎮座していた。

炎が揺らめく。

黄に、赤に、魂の色を模倣《まね》る。

祭壇の奥――社の左に当たる位置には若干手前に張り出した格好で社務所があり、締め切られたガラス窓に光が写って、幻想的な広がりを与えた。

「綺麗《きれい》だなあ」

花穎は見とれて心を奪われ、魂は既に灯籠に入れたのだと思い出して、可笑《おか》しくなった。

「献魂台」

「ここに置くの？」

「おう。場所は覚えなくていいぞ」

「どうして？」

「皆、適当に持ち帰るから。同じ灯籠を持ち帰れた例《ためし》がない」

「魂の扱いが杜撰《ずさん》」

「ほんとだな。子供《ガキ》の頃からやってるから、考えた事なかった」

石漱も可笑しそうに笑った。

「何か食うか」

「うん」

花穎は石漱と歩幅を揃えて鳥居に引き返した。

上から見ると、林の隙間から覗《のぞ》く屋台の灯《あか》りが別世界の賑《にぎ》わいの様だ。そこから分離するように、手提げ灯籠の光が階段を上って来る。

花穎は頼りなく揺れる光を目で追い、それを提げた少女が階段を上り切るのを見届けて、安堵《あんど》の息を吐いた。

彼女は社の右手を見ると、慌てて献魂台へ走って行く。

花穎は何の気なしに、少女を焦らせた視線の先を確かめた。

「石漱君。あれは何？」

能舞台に黒の袴《はかま》に白い千早を羽織った子供たちが上がる。裾《すそ》は脚絆《きゃはん》で上げているのだろうか。子供たちが舞台上に左右対称に佇《たたず》むと、何処からともなく能管の音と鼓の拍子が聞こえた。

「神楽《かぐら》」

石漱が鳥居の下から能舞台を見遣《みや》る。

「神様の御機嫌伺いで、小五の夏休み前に覚えさせられる」

「石漱君も舞ったの？」

「一応な。因《ちな》みに人気のポジションは舞台奥。早朝練習中、日陰になるから」

「センターとかじゃないんだ」

炎天下、日陰に駆け込む小学生を、しかも石漱の姿で想像すると微笑ましい。

鼓に合わせて子供が跳ね、床を踏み抜くように着地する。体重の軽い子供ながら、鼓膜を貫く足音は鮮烈だ。上半身と腕の動きには継ぎ目がなく、流れるようでありながら、どの瞬間を取っても凜々《りり》しい。

石漱の舞姿も見てみたかった。彼が小学五年生だったら花穎とは知り合えていないので、矛盾した望みである。

「烏丸」

花穎は隣を見て、すぐ前を向いた。掠《かす》れるような笛の音色を声と聞き間違えたのだろう。そう思ったのは、石漱の横顔が真っ直ぐ能舞台を見ていたからだ。

能管の奏でを鼓の拍子が追う。

追い付いて、重なる。

「俺に合わせてくれなくていい」

「え……」

花穎が再び石漱を見ようとした時だった。

舞手の子供達が二人、立て続けに転ぶ。

ほぼ同時に、舞台の天井から灯籠が落下して壊れ、炎を上げる。

悲鳴と泣き声が能管と鼓に取って代わった直後、境内が色を変えた。

「何だ？」

「石漱君。手提げ灯籠が……」

花穎は社に向かって左手を指差した。

献魂台に置かれた手提げ灯籠がひとつ残らず魂を失って、暗闇が穴を開けていた。

4

境内は俄《にわ》かに騒然となった。

逃げ出そうとする人と、騒ぎを聞き付けて集まって来る人とが階段で行き合って密集する。危険だ。

「烏丸」

人混みに飲まれそうになった花穎を、石漱が腕を摑《つか》んで引っ張り出す。

「ありがとう」

「中の方が安全だな。収まるまで隅にいるか」

能舞台の火は消し止められて、舞手の子供達は避難したようだ。石畳を挟んだ向こうでは献魂台に人が押し寄せて、狩衣《かりぎぬ》の祭員と巫女《みこ》が手分けをして対応に当たっている。階段の方は市の消防団が声を張って列を整え始めた。

何がどうなったのか、花穎には分からなかった。

子供が転んで灯籠が落ちたのか、灯籠が落ちて子供が転んだのか、その順番も定かではない。だが、献魂台の手提げ灯籠が全て消えたのが尋常ならざる事態である事は、境内の様子から感じ取れた。

帰ろうとした者、物見高く集まって来た者。混乱や恐怖を怒りに変えて、祭員に当たる者もいる。飲酒して理性が薄れている所為《せい》もあるだろう。

能舞台の近くまで移動して、石漱が腕を離す。掴まれていた部分が汗ばんで、風に吹かれるとそこだけ熱を奪われて表面から冷えた。

「フックの老朽化か？」

石漱が能舞台の天井を見上げる。

灯籠が減り、薪も炎が弱まって薄暗い。舞台は花穎の胸の高さほどもあり、背伸びをしても、床の焦げ痕《あと》はよく見えなかった。上手《かみて》の大樹を囲む柵《さく》に上れば足りそうだが、罰が当たりそうなので止めておく。

石漱が手持ち無沙汰《ぶさた》という風に歩き回って、舞台の背に回り込む。

花穎は彼を追うのを躊躇《ためら》った。

『俺に合わせてくれなくていい』

(何故、あんな事を言ったのかな)

訊《き》きたい反面、答えを聞くのが怖い。合わせるという事は、合っていないという事だ。石漱は、花穎が自分とは違うと思っている。

(石漱君はどうしてお祭りに誘ってくれたんだろう)

旅行と同居は価値観の相違を浮き彫りにして、人の相性をより厳密に見極めさせるという。

「おい」

「!」

石漱の飾り気のない声音に、花穎は身を竦《すく》めた。

「なあ。そこにいる……二人か?」

石漱が更に呼びかける。

(二人?)

花穎は我に返って、大樹の裏側に回り込んだ。

知らぬ人が見たら誤解しそうな状況だった。

大樹の陰で石漱が仁王立ちになっている。彼が見下ろしているのは、切り株を椅子に蹲《うずくま》る二人の子供だ。いずれも年端もいかない幼子である。

「なあって」

石漱が鷹揚《おうよう》な足取りで彼らに近付くと、子供達はますます縮こまって、栗の実が弾《はじ》けるように悲鳴を発した。

「悪人、鬼、人さらい」

「あ？」

能舞台が薪の明かりを遮っていた所為で、光の加減も良くなかった。石漱が怪訝《けげん》そうに聞き返す表情は、悪鬼羅刹《らせつ》を彷彿《ほうふつ》とさせる。

子供の一人が砂利を鷲摑《わしづか》みにするのが見えて、花穎は二人の前に駆け込んだ。

見間違いではなかった。この少年の顔には覚えがある。

「さっき、スマホを届けてくれた子だよね？」

少年の目から警戒する色が薄れる。彼は花穎を見て、石漱をまじまじと見上げると、刺々《とげとげ》しく顰《しか》めた眉《まゆ》を解いた。恐怖がリセットされたようだ。

「迷子か？」

石漱が花穎と並んでしゃがむ。

少年は気まずそうに目を逸《そ》らしたが、彼に寄り添う幼い少女は、好奇心旺盛《おうせい》な眼差《まなざ》しで石漱を凝視した。

「兄妹《きょうだい》？」

少年が首を縦に振って答える。

「人混みで逸《はぐ》れたのかな」

「だろうな。神社に預けて親に連絡してもらおう」

「！　立って」

少年が、少女を急《せ》かして立ち上がらせ、手を繫《つな》ぐ。花穎は一緒に社へ向かおうとしていたので、彼らの予想外の行動に迅速な反応が出来なかった。

「え」

少女の手を引いて、少年が社とは反対方向へ走り出す。

逃げた。

花穎が疑問を抱く間に、石漱が大樹の柵を斜めに飛び越える。石漱は瞬く間に二人を追い越して、真正面に立ちはだかり、両の手でそれぞれの頭を鷲掴みにした。

「何で逃げる」

少女が石漱の手を叩《たた》いて抵抗する。少年は蒼白《そうはく》になって立ち尽くした。

「灯籠《とうろう》の火が消えたら、魂がなくなって、死んじゃうんだ」

稚《いとけな》い双眸《そうぼう》が下瞼《まぶた》に涙を湛《たた》え、一粒落ちると、堰《せき》を切ったように溢《あふ》れ出す。

「神社のおじさん達が言ってた。お祭りで皆死ぬって。神社のおばけが火を消して、だからお母さんも、黒いおじさんに連れて行かれたんだ」

「死ぬ？」

「連れて行かれた……って」

花穎は石漱と顔を見合わせて、現状が把握出来ないながらも、どちらからともなく身体をずらして壁となり、社の方角から子供達を隠した。

5

少年は名をヒイロ、少女はミワと言った。まだ漢字では書けないらしい。

ヒイロの話は荒唐無稽《こうとうむけい》で、現実的とは言い難かった。

グリム童話で語られる死神は、自分を騙《だま》した人間に今にも消えそうな蠟燭を見せて、これがお前の寿命だと言う。人間は許しを乞《こ》うて蠟燭を継ぎ足してくれと頼むが、死神は手元が狂ったように見せかけて火を消し、人間の寿命を終わらせた。

だが、石漱の話によれば、手提げ灯籠は祭に纏《まつ》わる訓戒が変化した迷信である。

誰が何の為に、どうやって何十もの火を消したのだろう。

境内に制服を着た警官の姿が散見される。狩衣の祭員と話す姿を見て、警察官も彼らの仲間と認識したらしい。ヒイロとミワは花穎の背面にしがみついた。

「お母さんを連れて行ったのは、あの制服のおじさん達？」

「違う」

警察官ではないようだ。

「誰かに無理やり引っ張られて行ったのか？」

石漱が座り込んで尋ねると、ヒイロは少し考えて、頭《かぶり》を振った。

「おれとミワが能舞台の下に潜って遊んでる時、外で誰かが喋《しゃべ》ってるのが聞こえて、見たら、神社のおじさんのスカートと黒い足がいた。皆死ぬって言ってた」

「それで？」

「お母さんのスカートが来て、黒い足がお母さんと一緒に歩いていなくなって、もう一人の黒い足も、神社のおじさんもいなくなって、そうしたら大きな音がして」

ヒイロの声が震え、花穎にしがみつく力が強くなる。

「音楽が止まって、怖いって声が聞こえた。舞台にいっぱい人の足音がしたからミワと外に出たら、かえーとなつめが来た」

「…………」

石漱が口を歪《ゆが》めて、言葉を飲み込んだのが分かった。

おそらく、花穎も同じ事を考えている。

ヒイロの話が正確だとすると、彼らの母親は拐《かどわ》かされたというより、黒い足の某《なにがし》や神社の関係者と行動を共にしていたと考える方が自然だろう。

手提げ灯籠の火が消えたら人が死ぬ。

迷信に過ぎない。

だが、呪術として実行されたなら、悪意は現実である。

花穎は困り果てて、何の策もなくヒイロとミワの頭を撫《な》でた。母親が犯罪を企てたとしたら。犯罪に巻き込まれたのだとしたら。逃走したのだとしたら。連れ去られたのだとしたら。花穎には何が出来るのか。

「うちに来とくか?」

石漱の言葉に、ヒイロとミワと、花穎も同時に振り返った。石漱が勢いを付けて立ち上がる。

「警察にも神社にもいたくないんだろ。その辺をちょろちょろされても俺が気になるから、うちで飯食って待ってろ。騒ぎが落ち着いた頃に、ヒイロ達の母さんが何処に行ったか俺が訊きに来てやる」

「そうする!」

「ミワも」

「烏丸、いいよな?」

石漱が最終確認をするように訊く。花穎が逡巡《しゅんじゅん》したのは、誘拐に該当するのではないかと懸念を抱いたからだ。

ミワがヒイロと手を繋ぎ、ヒイロが花穎の手を摑《つか》む。

この小さな手を離して、騒ぎの中に置き去りには出来ない。

「一時的に安全な場所に保護するって事なら」

花穎が答えると、安堵《あんど》したのだろう、ヒイロの頰に子供らしい血色が戻った。

「飯は屋台で一人三百円まで。足し算出来るか？」

「出来る」

石漱に答えて、ヒイロとミワが繋いだ手を振り上げる。

知らない大人に付いて行ってはいけないと言って聞かせるのは後にしよう。花穎がミワを抱え、石漱がヒイロを背負って混雑した階段を下りた。

帰り道は階段を使わずに坂を通ったが、目的地との距離感が分かったお陰で行きよりも近く感じられた。が、子供が歩くには長い道のりだ。

三分の二ほど来たところで、ヒイロが歩きながら舟を漕《こ》ぎ始める。石漱が再び彼を背負ったので、花穎もミワを抱き上げて行く事にした。

家に着いた頃には二人とも熟睡しており、石漱のベッドに横たわらせても身動《みじろ》ぎひとつしない。ヒイロの鼻先に手の平を翳《かざ》すと、吐息が当たって花穎を安堵させた。

「烏丸。階下《した》」

石漱が声を潜めて床を指差す。花穎が廊下に出ると、石漱は部屋の扉を細く開けて重ねた漫画雑誌で留め、忍び足で一階に下りた。

階段の正面は玄関で、折り返した廊下に幾つかの部屋が並ぶ。どの部屋も襖《ふすま》が開いており、キッチンに至っては扉がないので、巧みに目を逸《そ》らさなければ無自覚にプライバシーを侵害してしまいそうだ。

だが、扉がない分、もし二階からヒイロが呼んだり、ミワが泣いたりしたら、声が階段を下って玄関に反射し、キッチンにも届くだろう。石漱が部屋の扉を開けておいた理由に得心がいって、花穎は深く感心した。家の構造を活用した見事な配慮だ。

「腹減った」

石漱が白いビニール袋から焼きそばのパックを一つ取り分けて、キッチンのテーブルセットに置き、急須《きゅうす》に茶筒から直接、茶葉を入れる。匙《さじ》を使わずに、筒の中身が全て出てしまう事はないのだろうか。

花穎が驚いている間に石漱はポットから湯を注ぎ、湯呑《ゆの》みを二つ用意する。

「いただきます」

石漱が焼きそばに手を合わせたので、花穎は彼の向かいの椅子を借りる事にした。

言葉通り、空腹だったらしい。石漱が一箸《ひとはし》でパックの三分の一の焼きそばを平らげる。彼は咀嚼《そしやく》しながら急須の茶を湯呑みに注ぎ、一方を花穎の前に置いた。

「ありがとう。いただきます」

「ソチャデスガ」

石漱が外国語の呪文みたいに言う。茶を出す時はそう言うものと行動に紐付《ひもづ》けされているかのようだ。生活に馴染《なじ》んだ礼節を感じる。

手提げ灯籠《とうろう》も、その一つのはずだった。

起源は定かではない。街灯が整備された現代では光源としての役目は果たさず、携行しない人も随分といたように見受けられた。

「誰が、どうして手提げ灯籠の火を消したんだろう……境内を暗くしたかった？」

「能舞台の灯籠は一個しか落ちてない」

「そうだよね。薪も燃えていた」

光は目的ではない。社は電灯で明るく、スマートフォンにも照明の機能がある。境内を闇に沈めるのは実質的に不可能だ。

ヒイロが見たと言う祭員と黒い足の男と母親。

彼らの意図次第では、ヒイロとミワの今後の人生は大きく変わる。

思考回路を動かしたいのに、情報とエネルギーが足りない。

花穎は屋台で買ったべっこう飴《あめ》のリボンを解き、透明のビニール袋を外した。ミワが選んだのは波とウサギを描いた飴、花穎が選んだのは真円の枠に幾何学的な模様を描いた飴だ。西洋の飾り窓にも、日本刀の鍔《つば》にも見える。

舌で触れるとシンプルで濃厚な砂糖の甘さが移って、花穎の喉《のど》を焼いた。

「飯、それだけ？」

石漱が二つ折りのお好み焼きを一口食べて中断し、電子レンジに放り込む。

「あんまりお腹空《す》いてないから。大丈夫」

花穎は笑顔で返して、湯呑みに手を伸ばした。

本当は違う。

花穎は外食をする事に不安があった。

古く、日本人の腸は西洋人より長かったという。肉を食べる習慣がなく、米を三食の中心とした為だ。

食生活は人体を作る。花穎は軽食《ジャンクフード》と呼ばれるものを殆《ほとん》ど食べた事がない。少し前に挑戦した時は、使われている油が体質に合わなくて辛《つら》い思いをした。

何千分の一かの確率で、その店と花穎の相性が悪かっただけかもしれない。だが、人様の家に厄介になっている現状を鑑《かんが》みれば、冒険心より自制心が働く。自己管理は大人の作法だ。

「烏丸っていつも『大丈夫』って言うよな」

「そうかな？」

「俺、前にそれ止めて欲しいって言わなかった？」

石漱の口調に怒った様子はない。箸《はし》は変わらず動いているし、茶を淹《い》れ直すと花穎の湯呑みにも注いでくれる。

彼を取り巻く気配は何も変わっていないのに、言葉だけが花穎を突き放す。

花穎は心が竦《すく》むのを感じた。

石漱は何故、花穎を祭に誘ったのだろう。旅行は価値観の差異を浮き彫りにする。

（諦《あきら》められる）

価値観を理由に。

言葉を理由に。

家を理由に。

眼を理由に。

見極めて、切り捨てられる。

この感覚には疾《と》うに飽きたはずだった。

自身への失望が全身を取り巻いて、痛む心とは裏腹に、花穎の顔は満面の笑みを浮かべた。

「もう八時半になるんだね。僕、神社に戻ってヒイロ君達のお母さんを捜してみる」

「そうか。そろそろ人が捌《は》けてるかもな」

石漱が箸を置こうとする。花穎は先手を取って椅子を引いた。

「ここにいてあげて。二人が起きた時に誰もいなかったら不安だと思うから」

「か――」

「何かあったら連絡するね。行ってきます」

夏でよかった。上着を着たり、マフラーを巻いたりして、出かける準備にもたついていたら逃げ損ねてしまうところだ。

(逃げた)

自己嫌悪は冬のどんな重装備よりも重く花穎に圧《お》しかかった。

6

花穎にも友人はいる。

赤目《あかめ》刻弥《ときや》は花穎に好意を抱いてはいない。好き勝手に振り回されるので、迷惑を被る事も少なくないが、一緒にいるのは基本的に楽しいと思う。

久丞壱葉《ひとは》は、厳密には花穎の友人ではないが、パーティーで会うと互いを避難所にしている節がある。

斎姫友春《ともはる》は当主同士の付き合いになる。彼の父親である長十《ちょうじゅう》は烏丸家を先代から気に掛けて、息子の頼長《よりなが》は花穎を兄の様に慕ってくれていた。

彼らとの付き合いに共通して大前提にあるのは、家同士の関係だ。

それぞれに守るべきものがあり、暗黙の約束事がある。

赤目に対しては好かれる努力をする必要がない。壱葉をエスコートするには定型の作法があり、斎姫家の配慮には当主として恩を返せる。

好意を抱かれずとも付き合える関係に、花穎は甘えていたのだと気が付いた。

相当、難しい顔をしていたらしい。前方から歩いて来た人が、すれ違う手前で花穎を大きく避ける。見知らぬ人まで不快にさせてしまった。

花穎は両手で頰を叩《たた》き、指先で眼鏡の位置を直して、屋台が並ぶ通りとそれらを見下ろす鳥居を見据えた。

交通整理をしていた警察官の姿はなく、境内から下りてくる参拝者も疎《まば》らだ。

花穎は鳥居を潜《くぐ》り、石段を上った。

神楽《かぐら》を見てから二時間も経っていないのに、別の場所の様だ。

空間が、水平に広がっている。空気は元より目に映っていないはずなのに、境内を満たす大気が怖くなるほど透明で、視線が何処までも真っ直ぐに通る。

薪が消えた能舞台は、吹き込まれた生命を天へ返上したかのように無機質な眠りに沈み、傍らで大樹が風に揺れると、まだ青い葉が落ちて空を横切った。

手水舎《ちょうずしゃ》の水が風浪を立てる。その向こう側は暗い。

目を凝らしても献魂台の輪郭は杳《よう》として知れず、手提げ灯籠の有りや無しやも定かではない。

唯一の様に灯《あか》りを点《とも》す社から、風の切れ間に声が聞こえた。

花穎は石畳を頼りに社を覗《のぞ》いた。

「こんばんは」

人影はなかった。

香を焚《た》き染《し》めたような木の香りに紛れて、何処からか声がする。

一歩、中に入ってみると、社の右に廊下が伸びており、声はその先から聞こえるようだった。

「すみません」

声を掛けながら廊下を覗くと、入ってすぐ靴箱があり、大小様々な靴が窮屈そうに詰め込まれている。花穎は靴を脱ぎ、板張りの廊下に上がった。

廊下は両手を広げられないほど狭く、冷え切っている。壁の代わりに木枠のガラス戸が嵌《は》められて、右には能舞台が、左に社の外壁が見える。社と別の建物を繋《つな》ぐ渡り廊下らしい。

　突き当たりまで行くと一歩を境に床板の踏み心地が変わった。

　そのまま廊下を直進すると、手洗いの扉に行き当たる。戻ってひとつしかない曲がり角を右へ折れると、曇りガラスの障子があり、中から光と声が漏れていた。

「すみません」

　花穎は部屋の外から声を掛けた。

　室内からは変わらず話し声が聞こえている。

「すみません！」

　花穎が僅《わず》かに声を高くすると、曇りガラスの向こうに影が近付いて、立て付けの悪い障子がガタガタと鳴った。

「はい」

　応じたのは、巫女《みこ》の装束を身に着けた女性だった。花穎より幼く見える。神社では高校生をアルバイトに雇う事があると聞くが、彼女もそうだろうか。

「お祭りは中止になりました」

　巫女の彼女は訊《き》かれ飽きたとばかりに気の早い答えを返す。袴《はかま》の赤が眩《まぶ》しくて、花穎は顔を上げ、焦点を彼女の鎖骨の上に固定した。

「境内で友人の弟達と逸《はぐ》れてしまったのですが、親御さんは迎えに来ましたか？」

「えーと、お預かりした迷子は皆、帰ったので」

「ショウちゃん」

部屋の奥にいた年配の女性が巫女の彼女を呼ぶ。彼女が室内に取って返すと、戸口を遮る壁がなくなって、七人の小学生が白い着物をたたんでいるのが見えた。能舞台で舞っていた子供達だ。

「お待たせしてすみません」

「いえ」

巫女の彼女は表紙が千切れたノートを開いてみせた。

「迷子を捜しに来た保護者さんの連絡先と、お子さんの名前です。個人情報なので見せられませんが、逸れたお子さんのお名前は何ですか？」

「ヒイロ君とミワちゃんです」

「そういう名前は……」

巫女の彼女は二枚のページを行き来して三度確認する。

「ありません」

「そうですか」

ヒイロ達の母親は二人を捜しに来ていない。

「きっと、捜しに来る前に会えたんじゃないですか？　お家《うち》には電話しました？」

「電話してみます。ありがとうございました」

「あの、交番に直接行く人もいるので、お大事に」

花潁が余程、沈んだ顔をしていたのだろう。巫女の彼女が気遣って声を掛け、自分の言葉に首を傾げる。花潁は振り返ってお辞儀をして、渡り廊下を引き返した。

ヒイロとミワの母親は何故、子供を捜さないのだろう。

手提げ灯籠《とうろう》の火が消された事と関係があるのか。

花潁は渡り廊下で足を止め、くすんだガラス越しに暗い能舞台を眺めた。

魂を取られるのは迷信だとしても、火を消す事で誰にどんな利益、或《ある》いは不利益を齎《もたら》すのだろうか。手提げ灯籠の火が消えて引き起こされたのは、神楽が中止になった事くらいだ。

(そういえば、能舞台でも灯籠が落ちて、舞手が転んでいた)

しかし、呪術と呼ぶにはあまりにささやかな被害である。

「失礼します!」

廊下に挨拶《あいさつ》が響いて、小学生が次々と渡り廊下に駆け込んで来る。

転んだ本人は痛かっただろうに、ささやかな被害などと思ってしまった。花潁が反省して道を譲ると、彼らは花潁を追い越して銘々に靴箱から自分の靴を出した。

何人目かの子供が靴を履くのに手間取って、後続が靴箱の前で閊《つか》える。花潁はその最後尾についた。良い機会かもしれない。

「神楽舞をしていた子だよね？」

「はい！」

花穎が一人に声を掛けると、靴箱の前にいた五人が礼儀正しく返事を揃えた。どの子供も利発そうな顔をしている。花穎は後込《しりご》みする気持ちを抑えて、社交界用の紳士的微笑みを浮かべた。

「逆です」

「灯籠が落ちたでしょう。避《よ》けて転んだように見えたけど、怪我はなかった？」

「逆？」

坊主頭の小学生が滑舌良く答える。

「転んだ後に、灯籠が落ちました」

「そうなんだ？」

「床を何かが走り抜けて転ばされたんです」

口振りから察するに、坊主頭の彼が転んだ本人らしい。すると、周りの子供達が年相応に笑って囃《はや》し立てた。

「言ってる」

「緊張して滑ったんだろー」

「違うって。まじで何かがビュンッて行ったの。なあ!」

「えっ」

話を振られたのは転んだもう一人らしい。彼は困った顔で踵《かかと》を運動靴に押し込む。

「気付いたら転んでたから、分かんない」

「まじでまじだって」

「中止になってラッキーだったな」

「もー!」

坊主頭の小学生が地団駄を踏む。

「お先に失礼します」

全員が靴を履き終えると、小学生は花穎にしっかりとした挨拶をして、屋台の話をしながら社を出て行った。

花穎は上がり框《がまち》に腰かけて靴を履き、自身の足首を見下ろした。

「何かが走り抜けた」

物理的に足を掬《すく》われて、彼らは転んだ。

社を出ると、正面に階段を駆け下りて行く小学生がいる。

石漱も小学生の時に、神楽《かぐら》舞をしたと話していた。

花穎がもしこの街に生まれて、あと一年、誕生日が遅かったら、彼らの様に遠慮なく言い合える友人になれていただろうか。

同じ景色を見て、同じ物を食べて、同じ価値観を持って、思い出を共有する。

（どうしようもない）

花穎は遅れて彼らの後を追い、鳥居の下で身を翻した。

石漱とは違う。

烏丸家に生まれて、跡取りとして育てられた。今の花穎が花穎である。

三日月の月光は色を持たない。

海風が階段を駆け上がり、花穎の背を押す。

進め、進めと追い立てるように。

「あ……」

花穎は目を見開いた。思考の原石が論理で磨かれて、不純物が取り除かれる。最後まで残るのは、初めから終わりまで見通せる透明なひとつの結論だ。

白衣に浅葱《あさぎ》色の袴を着けた壮年の男が、一升瓶の風呂敷《ふろしき》包みを抱えて石段を上って来る。

花穎は彼が鳥居を潜《くぐ》ったところで声を掛けた。

「すみません。聞きたい事があるのですが」

彼が風呂敷包みを抱え直すと、チャプンと罪のない水音がした。

思ったより大事になってしまった。

7

「何だ、何だ？」

「大学生が何かの実験をするんだってよ」

他家の私有地で火を使うには、事前に承諾を得なければならない。

白衣袴《はかま》の男性に境内で火を使っても良いかと尋ねると、彼は自分では判断出来ないと言って例の渡り廊下を通って巫女《みこ》の女性に話し、彼女は更に奥の間にいたエプロン姿の女性に知らせた。

エプロン姿の女性はあからさまに怪訝《けげん》そうに花穎を睨《ね》め付けて、神主を呼んだ。神主もまた険しい表情で、花穎が県外の大学生である事を学生証で確認してから、神主本人の立会いの下で短い時間ならばと条件付きで許可を下した。

石漱がヒイロとミワを連れて石段を上って来た時には、神社の関係者でちょっとした円陣が組まれていた。

「何……？」

輪の中心で居たたまれなく佇《たたず》む花穎を見て、石漱が唖然《あぜん》とする。

だが、彼の到着で、白衣袴の関係者達の態度は目に見えて軟化した。

「棗《なつめ》じゃないか」

「本当だ。石漱さんちのミニ四駆」

「どもッス」

石漱が無愛想に挨拶を返す。

「みによんく」

花穎が理解出来ずにいると、紋入り袴の男が目尻《めじり》に皺《しわ》を寄せた。

「ちっこい頃から境内を走り回ってたからチョロQってあだ名が付いて」

「小学生に上がったからミニ四駆」

「俺、もう大学入ったんスけど……」

石漱の抗議には端《はな》から耳を貸す者はなく、朗らかな笑いと納得が心地よい波紋の様に伝播《でんぱ》する。

「棗の友達なら、そう言ってくれれば良いのに」

石漱の視線が問い詰めてくるように見えるのは、おそらく花穎の被害妄想だ。花穎は社交スマイルでやり過ごして、ヒイロと目線の高さを合わせた。

眠そうなミワと手を繋《つな》いで、ヒイロは自分も大人の一員だという風に気を張っている。しかし、瞳《ひとみ》の奥は不安げに揺れて、細かく目を泳がせていた。

「ヒイロ君は、悪い人がわざと灯籠《とうろう》の火を消したと思ったんだよね？」

「うん」

「じゃあ、火を消したのは誰か、これから見せるね」

「！」

ヒイロの肩が微《かす》かに跳ねて、双眸《そうぼう》が円《つぶ》らに開かれる。

花穎は白衣袴の関係者達に手水舎《ちょうずしゃ》の前へ移動するよう頼んでから、石漱に神社で借りたライターを差し出した。

「石漱君。献魂台に行って、僕が手を振ったら手提げ灯籠に火を点《つ》けてくれる？」

「全部？」

「五、六個で大――」

大丈夫と言いかけて、花穎は慌てて音を掏《す》り替えた。

「大体、足りると思うので、お願いします」

「任せろ」

石漱がライターを受け取って献魂台へ歩き出すと、手水舎を通りかかった所で数人が声を掛けて事情を聞き、合流する。

花穎は彼らが献魂台に到着したのを確かめて、身を翻し、鳥居の下から海へ続く階段を見渡した。

遠く、潮騒が聞こえる気がする。

海から伝わる風は潮の香りを伴い、石段を囲む林が葉擦れの音を立てる。竹がぶつかり合う音が聞こえて間もなく、大気が凪《な》いで、鼓膜が膨張する感覚がする。

花穎はポケットに手を入れた。

自分が持ち込んだ物から出たゴミは、いつもなら花穎の気付かぬ内に衣更月が処分するので、行き場に迷ってポケットに入れておいた。べっこう飴《あめ》の袋を留めていた赤いリボンだ。

花穎はそれを指先で摘《つま》んで、献魂台の石漱に腕を振って合図を送った。

ひとつ、ふたつと手提げ灯籠に火が入れられる。

ヒイロとミワが怯《おび》えて身を寄せ合う。

来た。

花穎は腕を前へ突き出して、赤いリボンを手放した。

海風が階段を駆け上がり、花穎の背を押して、赤いリボンを巻き上げる。

ヒイロとミワがリボンを目で追って顔を上げる。

時間にして三秒と掛からなかっただろう。

能舞台の天井に唸《うな》るような音が響く。木の葉とリボンが右から左へと境内を横切る。

そしてひと吹き。

「あっ」

ヒイロが息を呑《の》む。

献魂台の灯籠がひとつ残らず火を奪われた。

「消えた！」

三箇所で同時に声が上がる。

「おいで」

花穎はヒイロに微笑みかけて、ミワの手を取り、献魂台へと移動した。

「何が、どうなって……」

懐中電灯の光が、蛍の様に献魂台に集まって来る。溶けた蠟と焦げた匂いが微かに漂う中、白衣袴の男性が興奮した様子で右往左往していた。

「……風？」

石漱がぽつりと花穎に尋ねる。

花穎は下段手前の手提げ灯籠にリボンが引っかかっているのを見付けて、絡まりを解いた。

「海風だと思う」

階段で背中を押してくれた、あの力強い追い風だ。

花穎は繫いだミワの手を石漱に引き継いで、スマートフォンのライトを点灯し、光を鳥居の方へ向けた。

「海から吹き付ける風は、階段を走って鳥居を潜《くぐ》ります。真っ直ぐ直進した正面はお社です」

花穎が石畳を照らして光を社へ動かすと、他の明かりも追従して後を追う。

「左手を社務所に遮られて、お社に当たった風は右方向、渡り廊下へ流れます」

渡り廊下の先は休憩室の建物と境内を囲む森で行き止まりだ。

「風は能舞台の後ろで渦になり、圧縮された気流が逃げ場を探して能舞台を後ろから前へ通り抜けました。舞手が足を取られて転び、灯籠がフックから外れて落下したのはこの為です」

小学生は何かが床を通ったと言った。だが、それが実体を持っていれば、観客の目に留まっていただろう。

目に見えない犯人が駆け抜けた能舞台は、花穎の真正面にある。

「風は観客の頭上を真っ直ぐに吹いて——」

花穎はライトを能舞台から手前へ戻し、その場で百八十度反転した。

能舞台と左右対称の位置に、献魂台はあった。

「手提げ灯籠の火を消しました」

皆の視線と懐中電灯の明かりが無言の手提げ灯籠に集中した。

「空気を循環させる灯籠の底の格子と足付きのコースターが、強風を受けて灯籠内に鋭い気流を作ったのではないでしょうか」

「去年まではこんな事、一度もなかったのに」

休憩室にいたエプロン姿の女性が訝《いぶか》しげに独白して、首を捻《ひね》る。

「それはおそらく、能舞台の後ろの木が原因だと思います」

「木？」

石漱が能舞台の傍らに佇む大樹を見遣《みや》る。

「小学生の時、日陰になる後ろ側が人気だったって教えてくれたでしょう？　でも、あの位置だと早朝練習では日陰にならない」

花穎が境内を訪れた時、三日月は能舞台の正面にあった。

満月へ向かう月は早い時間から空に上るので、早朝の太陽は反対側にあったと考えられる。そこで思い出されるのが、ヒイロとミワが腰かけていた切り株だ。

「去年までは能舞台の裏手にもう一本あったのでは？」

「ありました」

休憩室で会った巫女《みこ》装束の彼女が、心なしか青ざめて答える。

「その木が気流を和らげていたのだと思います。一時間ほどしか観察していませんが、強風が綺麗《きれい》に通る事は殆《ほとん》どありませんでした。けれど稀《まれ》に凪ぐ瞬間があって、その直後の強風が境内を旋回するようです」

大人達は一様に感嘆した後、思い出したように、これは何の実験であったかと疑問符を浮かべる。

花穎が謎を解明したかった相手は彼らではない。

花穎はヒイロとミワの前に座り、穏やかな笑みで目を合わせた。

ヒイロが幼い眉《まゆ》を下げて、困惑の中から事実を摑《つか》み取ろうとしている。

「風で消えたの？」

「そうだよ」

「悪い人はいない？」

「いない」

「でも……」

ヒイロが俯《うつむ》く。

花穎は半身を開いて、献魂台に屯《たむろ》する関係者に声を掛けた。

「さっきした話、もう一度してあげて下さい」

すると、興味深そうに手提げ灯籠を覗《のぞ》いていた浅葱《あさぎ》色の袴《はかま》の彼が、花穎の頼みに快く応じてヒイロの前で身を屈《かが》めた。

「おじさん、友達にお守りを百個作って欲しいって頼まれてね。百個は大変だろう？」

「うん。おれはね、羊百匹数える前に寝ちゃう」

「そうだろう。だから、そんなにいっぱい働いたら皆死んじゃうよって言ったんだ」

「皆、死んじゃうの？」

ヒイロの幼い頬が強張《こわば》って、ミワと繋《つな》ぐ手に反対の手を重ねる。神主が慌ててフォローを入れた。

「それくらい大変って事。誰も死なないよ。見てごらん。皆、元気だ」

「…………」

ヒイロとミワが、素直に関係者達を見上げる。二人の視線に気付いた彼らは優しく笑顔を返して、祭員と巫女装束の数人が手を振り返す。

「風は悪戯《いたずら》好きなんだ。おじさんが神様に頼んで、皆の灯籠《とうろう》に火をもらうからね」

「皆、元気」

ヒイロが神主の言葉を反芻《はんすう》して、漸《ようや》く表情を安堵《あんど》に緩めた。

関係者達が風除《よ》けの壁を作って灯籠に火を点《とも》す。ヒイロとミワが嬉《うれ》しそうに見入っている。

「烏丸」

石漱が低声で呼び、花穎との距離を詰める。

「彼奴《あいつ》らの親は？　それ訊《き》きに来たんだろ」

「聞いた。神社には届け出がなかったけど、そういう人は交番に直接行くんだって」

交通整理で警察官も来ていたから、そちらに頼った親も多かったようだ。花穎が電話をしたのが三十分前だから、徒歩でもそろそろ着くだろう。

「ヒイロ、ミワ」

二十代後半の女性が鳥居の下から二人を呼ぶ。彼女は肩を上下させて上擦った呼吸で喉《のど》を詰まらせ、長いスカートに何度も足を取られながら、子供達に駆け寄った。

「お母さん！」

ミワが大喜びで呼び返して走り出す。

ヒイロは、茫然《ぼうぜん》と立っていた。母親に抱き付く妹の姿を双眸《そうぼう》に映して、僅《わず》かに開いた口元から声は出ず、左右の目からぼろぼろと涙を零《こぼ》した。

「ヒイロ」

「おがっ、おがーざん」

母親が迎えに行って、ヒイロを抱き寄せる。ヒイロが声を上げて泣き出すと、たった今まで笑っていたミワまでもが一緒になって号泣した。

8

神社の関係者に礼を言い、石漱と花穎は神社を後にした。

手提げ灯籠に火を点し、海まで続く長い階段を下りる。

鳥居を二つ潜ると潮の香りが強くなり、波音が絶え間なく聞こえる。

祭の話や試験の話、共通の知り合いの話、昨日読んだ本の話などをしている間に、靴が砂浜を踏んだ。海岸まで下りて来たのだ。

波打ち際を、魂を持って歩く。

自分は人間ではありませんと仲間の振りをして、いつかは消える蠟燭を、吹き荒《すさ》ぶ風から必死で守っている。

『烏丸っていつも「大丈夫」って言うよな』

石漱が不協和音を示したのは、今日が初めてではなかった。

入学式で花穎が倒れた時だ。

『大丈夫じゃないなら大丈夫って言うな』

彼は平素から無愛想で、上機嫌も不機嫌も周囲に喧伝《けんでん》する人ではなかったから、花穎は違和感を覚えたにも拘《かかわ》らず、わざわざ蒸し返す事をしなかった。

花穎は、彼と同じだと思いたかった。

石漱が振り返る。花穎が歩を止めたからだ。

「僕は石漱君とは違う」

引く波が足元の砂を抉《えぐ》った。

「屋台のごはんもファストフードもインスタントスープも食べた事ないから、お腹を壊したらと思うと安易には試せない。駅で待ち合わせたけど、一人で電車に乗れないから本当は車で送ってもらったし、あとは、あとは……きっと色々、全然違う」

「ああ。それを確かめる為に祭に誘った」

「！」

やはりそうか。花穎は固くなる喉で空気の塊を飲み込んだ。

「僕は石漱君と同じには出来ない」

「だから、合わせてくれなくていいって」

「合わせないよ」

花穎は静かな口調で石漱の嘆息を遮り、波音を退けた。

手提げ灯籠の蠟燭が不純物を食《は》んで火勢を強める。

「僕は僕だ。新しい事には挑戦したい。でも、無理なものは無理なんだ」

変えられない。合わせられない。

けれど。

花穎は言葉を続けようとして、踏み止《とど》まった。

石漱が口を開く。

「俺も、烏丸も、皆も、違う。だったら、何処が違うか知っておかないと」

逆巻くような潮風を受けて、石漱は灯籠の底に手の平を添える。不規則に揺らいでいた火が落ち着いて、彼の手元を明るく照らした。

彼はいつも花穎の本心を知ろうとする。

「知らないと、無駄に心配して、ありもしない期待に応《こた》えようとする。本人は幸せなのに、自分の物差しで勝手に同情してぶち壊したら目も当てられない」

「それは、怖い……」

「よな」

花穎は肩をすぼめた。顎《あご》の下から照らされた石漱の顔は誠実で、声音は深い。

「俺達は『違う』」

花穎と石漱は同じ小学校に入る事は出来なかった。互いのこれまでの人生をなかった事には出来ない。いくら考えても、今更どうしようもない事実である。

ならば、違うと分かっているだけで良い。

同意は出来なくても、尊重は出来る。変わる必要はない。合わせる必要もない。

「合わせなくていいから、大丈夫じゃないなら大丈夫って言うな」

違うのに、時々、同じ事を考える。

「うん」

花穎が相好を崩すと、石漱が微《かす》かに笑みを零した。

手提げ灯籠を下げて砂浜を歩く。

潮の香りは慣れなくて、潮騒は一向に耳に馴染《なじ》まない。

帰ったら火を吹き消して、魂を身体に戻そう。

花穎は『同じ』の振りを終わらせた。

9

翌日、昼まで熟睡した花穎と石漱を起こしたのは、米の炊ける匂いだった。

帰宅した両親が、外出前に作ってくれたらしい。テーブルにはいなり寿司《ずし》と漬け物と玉子焼き、ガスコンロの鍋《なべ》に味噌汁《みそしる》、冷蔵庫に貼られたホワイトボードにはメッセージが残されていた。

『いつも愚息がお世話になってます』

『お菓子ごちそうさま!』

花穎は石漱に断って『こちらこそ』から挨拶《あいさつ》と礼を書き足した。石漱家のごはんは美味《おい》しかった。

見送りを辞退して駅への道を辿《たど》る。

街灯の支柱に設置された温度計は三十四度を記録して、熱を持ったアスファルトはロウリュの石の様だ。陽光輝く海面に飛び込んでしまいたくなる。

花穎が潮風を救いに駅舎の日陰まで到達すると、見計らったかのように車が目の前で停まった。運転席のドアが開き、長身が窮屈そうに頭を潜《くぐ》らせて降車する。

「お迎えに上がりました」

暗い色のスーツに全身を固めて、涼しい顔で衣更月が言った。

「執事には浴衣《ゆかた》出社とかポロシャツ勤務制度はないのか?」

「御目に煩わしいという事であれば対策を講じますが」

「暑くないならいい」

「身に余る御配慮、痛み入ります」

衣更月が謝意の後にお辞儀をする。

花穎は鞄《かばん》を彼に預けて後部座席に乗り、息を吐く途中で視線を戻した。

衣更月がドアを閉めない。

潮の香りが車内に混じって不思議な感覚がする。日常と非日常の境目にいるようだ。

「花穎様。発車前にこちらを」

衣更月が身を屈《かが》めて差し出したのは、ガラス玉の根付である。

鳳からのヴェネツィア土産だ。

「GPSもないのに、よく見付けたな」

「偶然、目に入りました」

「祭の人混みで失くしたと思っていたが、駅で既に落としていたのか」

花穎は衣更月が持つ鞄の中からスマートフォンを探し出して、切れたストラップとガラス玉側の紐《ひも》を当ててみた。間違いない。

「失礼致します」

衣更月が白手袋の手を差し出すので、花穎はスマートフォンとガラス玉を手渡した。衣更月がよく似た紐をガラス玉に通して、今一方の端をスマートフォンのバンパーに固定する。すっかり元通りだ。

衣更月は花穎にスマートフォンを返すと、静かにドアを閉め、運転席に戻った。シートベルトをして、ギアを走行《ドライブ》に入れ、サイドブレーキを解除する。

車が帰路に就く。

「衣更月」

「はい」

「僕は、帰ったら働く。パーティーにも可能な限り出るぞ」

「畏《かしこ》まりました。戻り次第、リストを書斎にお持ち致します」

衣更月の、いつものそつない返答だ。

「楽しい夏休みだった」

花穎は窓の外を眺め、ガラス玉に煌《きら》めく海を透かした。

執事の秘密と空飛ぶ海月

1

執事に夏休みはない。

人間の魂が身体から離れる事がないように、執事は常に執事である。

就寝時まで主人の寝室で待機するのが一般的だった中世、初期の執事ほどの拘束はされない。事前に申請すればまとまった休暇を取る事も可能だ。

近代では執事をシステム化して、ロードサービスの様に二十四時間対応の窓口を設け、その時々に対応可能な執事が現場に向かう体制を実現している会社もある。

烏丸《からすま》家には執事の上級職にあたる家令《ハウス・スチユワード》がおり、衣更月《きさらぎ》が休暇を取りたいと言えば、鳳《おおとり》がスケジュールを調整してくれるだろう。

衣更月に夏休みがないのは、彼自身が望まないからだ。

衣更月が執事の役職を拝命してまだ一年と半年。執事としての実感は未《いま》だ浅く、何日も職務から離れる事で身に付いた技術が失われてしまう不安が拭《ぬぐ》えない。四半世紀、烏丸家に仕える鳳に比べれば、衣更月は付け焼き刃も良いところだ。

反復によって手が作業を覚えるように、執事の性《さが》というものがあるならば、衣更月の魂にも早く刻まれると良い。

そんな事を考えていた矢先だった。

「友達の家に泊まりに行く」

大学での友人、石漱棗《いしぜきなつめ》からの誘いらしい。花穎《かえい》の顔を見れば、優先度順に並べた招待状の全てを一足飛びに凌駕《りょうが》したのは歴然だった。

衣更月はコンマ五秒で考えた。

通常の旅行には衣更月が随行する。買い物等の場合は従者《ヴァレット》を務める峻《しゅん》が、大学には付き添いは入らないが運転手の駒地《こまじ》が送迎を行う。

だが、友人の、それも使用人を雇い入れない家庭に車で乗り付けて、衣更月乃至《ないし》峻が供をするのは如何《いかが》なものだろうか。衣更月は自身が祖父母と三人で暮らして育ったので、当時の家に花穎が鳳を連れて宿泊に来る姿を想像してみたが、祖父母の戸惑う顔しか思い浮かばない。

「峻に手荷物の準備をお申し付けになりますか？」

「そうだな……大学生の友達同士は一泊の遊びで、スーツケースを持って相手の家に行ったりしないのだろう？」

「僭越《せんえつ》ながら、適切とは申し上げ難《にく》い状況であるように思われます」

「やはりそうなのか……薄々、そんな気はしていた。峻に出来るだけ荷物を少なくするよう伝えてくれ」

「承知致しました。峻は平素より小さな鞄で方々へ行っておりますから、適任でございましょう」

衣更月が請け負うと、花頴の呼吸の端に安堵《あんど》が混じる。

主人が気付かれたくないと思っている事については、見なかった態《てい》で振る舞うのが執事の心得だ。どんなにあからさまで目を逸《そ》らすのが難しい時でも、主人の顔を立てなければならない。

花頴が部屋履きの踵《かかと》を揃えて座る。先程まで寝転んでいたソファが一転、社長面接に挑む席の様だ。花頴は真剣な面持ちでスマートフォンを握って、文面を何度も書き直し、意を決したように送信ボタンを押す。

友人付き合いとはそんなに緊張するものだったろうか。

衣更月は高校生の頃から烏丸家でフットマンをしているので、友人と遊びに行く余暇はないに等しかったが、クラスメイトとも執事学校での同期とも、もう少し気楽に話していた記憶がある。

それだけ、花頴には重要な案件なのだ。

花頴は二度の返信をして、三度目は書いたが送らない事にしたらしい。彼はスマートフォンを持った手を投げ出して、ソファのクッションに横倒しになった。

ストラップの先に付いたガラス玉が付き合いよく揺れている。

「僕がいない間、皆も休めるか？　土曜の半日では中途半端かな」

「一案ではございますが、土曜を臨時の休日としては如何でしょうか？　私一人でも朝食の御用意をして、石漱様の御自宅まで車でお送りする事は可能です」

「それでは衣更月が休めない」

花穎がクッションに乗せた頭を仰《の》け反らせて衣更月を見る。

衣更月は休みたくないのだ。

が、主人に気遣われて、不要とは言えない。

「石漱様の御自宅は海に近いと聞き及んでおります。花穎様をお送りした後、その場でお休みを頂ければ、翌日お迎えに上がるまで約二十四時間の休息を頂戴《ちょうだい》出来ます」

「成程！」

花穎が腕を振って飛び起きた。

「早速、皆に知らせてくれ。衣更月も、温泉にでも浸《つ》かってゆっくりして来るといい」

「ありがとうございます。時に、花穎様」

「うん？」

今まさに部屋から出ようとしていた花穎が、扉の前から振り返る。

「御招待状のリストを御用意させて頂きました。烏丸家と付き合いのある方々のお名前です。後日、行き違いのなきようお目通し願います」

「う、仕方ない」

花顯が渋る足取りで引き返し、椅子に座る。

衣更月は温《ぬる》くなった水差しをトレイに載せて一礼し、書斎を退室した。

使用人区画《バックヤード》に戻り、雪倉《ゆきくら》親子に週末の予定変更を伝えると、二人はとても喜んだ。

「花穎様がお友達とお泊まり会ですか」

料理人の雪倉はすらりと背が高いが猫背で、華美とは縁遠い顔立ちと制服の黒いワンピースが一層、雰囲気を暗く見せるから、初対面の人は彼女が喜んでいるとは分からないかもしれない。

幽霊の様な佇《たたず》まいの彼女と並んで、息子の峻は太陽の様に明るくはしゃいだ。

「よかったですね、花穎様、学校のお友達が出来て。本音ではお弁当を食べずに早く帰りたいのに、御用意してる所為《せい》で一人で無理して召し上がってたらどうしようって母さんも心配して」

「こら、峻！」

「あ、ごめん。すみません」

峻が慌てて雪倉と衣更月に謝る。峻の勤務態度は真面目で、スタイリストとしての腕も申し分ないが、正直過ぎるところには時折、衣更月もヒヤヒヤさせられる。

　衣更月は気を取り直して、二人に花顛からの指示を伝えた。

「土曜の昼前に御出発されますので、雪倉さんと峻君はその日一日、休んで頂く事になりました。給料の減額はありません。朝食は私が御用意します」

「それでは、作り置き出来るものは前日に調理しておきましょうか？」

「助かります」

　衣更月も料理が出来ない訳ではないが、雪倉の前では赤子の手習い同然だ。

　彼女の父親は花顛の曾祖父《そうそふ》に生涯仕えた料理人で、雪倉はその味を受け継いで三十年、烏丸家に勤めている。鳳に次いで古参の使用人に数えられた。

「オレは荷物の準備ですね。お友達はどんな感じの人ですか？」

　峻は仕事勘が良い。求められている事を察知して柔軟に対応する能力は、どんな職でも重宝されるだろう。

「烏丸家とは所縁《ゆかり》のないお宅になります。十八歳、男子学生です。多少の不便より御友人に合わせる事を優先させたい御様子でした」

「それじゃあ、歯ブラシと着替えと、念の為、圧縮タオルと軽食も入れますか？」

「お願いします」

「はい」

峻が指を折って脳内にメモをする。

隣で聞いていた雪倉の顔色が、衣更月でも分かるほどに紫ばんだ。

「何だか、ドキドキしてきました」

「大丈夫だよ、母さん。花穎様も子供じゃないんだから」

「子供じゃないから心配なの。お友達の前で失敗なさったら、お気に病まれるかもしれないわ。雑魚寝《ざこね》なんてなさった事ないでしょう？　きちんと眠れるかしら」

「友達の家で遊んだら大体寝ないよ」

「あら、まあ！　それじゃあ、眠ってしまったらどうしましょう」

雪倉の心配は尽きないようだ。峻が鍋《なべ》磨きを再開して、片手間に宥《なだ》める。

しかし、衣更月にも内心、気がかりはあった。

「日曜は午後出勤で構いません。個々、業務に支障のない範囲で判断して下さい」

「了解です」

峻が泡の付いた手を避けて肘《ひじ》で雪倉の背中を押すと、彼女はようやっと顔色を白に回復させて笑顔で了承を示した。

厨房《ちゅうぼう》を出た足で外に出て、庭師の桐山《きりやま》と運転手の駒地にも連絡を伝える。守衛《ポーター》の仔《こ》犬《いぬ》は桐山が一晩預かってくれる事になった。

衣更月は昼食の給仕をして、午後は家を空ける分の調整で屋敷中を歩き回った。

美術品の掃除など通常業務に加えて、配達の変更を依頼し、貴重品を厳重に――隠し場所は自白剤を使われても答えない覚悟だ――保管する。明日行う予定だった客間のシャンデリアの検査も済ませてしまおう。クリスタルが左右対称でなく見えると、雪倉から報告を受けている。

衣更月が二階の廊下を移動する途中で、足音を一際忍ばせた。

クロゼットルームの方からボソボソと話し声が聞こえた。声の高さから花穎だと分かるが、使用人区画《バックヤード》に当主家族は立ち入らないという暗黙の約束事がある。

衣更月はドアの隙間から耳を欹《そばだ》てた。

やはり花穎だ。話している相手は峻らしい。

「着替えない、だと？」

花穎の深刻な声音に、衣更月は憂慮が過《よぎ》って中を覗《のぞ》いた。

服に紛れ込んだ豆粒を捜した後の様だ。クロゼットルーム内は数センチの隙間からでも分かるほど散らかって、辛うじて確保した足の踏み場に花穎が立っている。

不穏な気配を感じるが、衣更月が間に入るべき状況だろうか。

花穎が腕組みをして右手を顎《あご》に当て、熱心に思案する。

峻が遅れて思い至ったように言葉を足した。

「オレの場合です。着替えが必要になったら友達に借りて、コンビニで下着を買えば、財布とスマホとパスポートで大体何処でも何とかなります」

「それは些《いささ》か僕には……上級者の嗜《たしな》み方過ぎる」

花穎は絶望感すら漂わせて、小さなボストンバッグから奔放にはみ出した布の山を見下ろし、悲しげな声を出した。

鞄《かばん》に合わせようとした努力の跡は見られるが、無惨な有り様だ。一ヵ月放置された生け花がこんな風になっているのを衣更月は見た事がある。

「御心配には及びません。あらゆる場面に合わせて最適な服をお見立てしなくては、従者《オレ》を雇って頂いている意味がなくなりますからね」

「うん、いてくれないと困る。峻が選ぶ服は身に着けやすい」

「え、へへ」

花穎は素直に褒める事に慣れており、峻は素直だが褒められ慣れていない。

使用人の監督責任を持つ衣更月にとっては、峻に主人の前での表情の保ち方を指導したいところだ。とりあえず照れ笑いで弛《ゆる》み切った表情筋を引き締めさせたい。

峻は満面の笑みで手際よく服を引き抜き、箪笥《たんす》から数枚の服を集めた。

「パジャマはTシャツとハーフパンツにしましょう。一日目のお洋服は柔らかめの素材にしますから、体重を掛けて鞄に詰めて下さい」

「持って行く服はこれで良いのか？　上着まであるぞ」

「オレが皺《しわ》にならないようにパッキングします。それに、服は一度着ると嵩《かさ》を増すから、帰りの方が少ないくらいでちょうどいいです」

「成程、行きは良い良いという故事だな」

「そうです」

違う。衣更月は口を挟みたくなって、すんでのところで自身を律し、クロゼットルームの前から立ち去った。峻に任せておけば問題ない。

午後のお茶を用意し、合間に配達の対応をする内に忙《せわ》しなく陽は暮れて、次は夕食の給仕である。

風呂《ふろ》掃除とリネン、着替えの準備は峻が退勤前にするようになった為、浮いた時間を備品管理に当てられるのが衣更月にとっては非常に有難い。

花穎が寝室に入るのを確認して、邸内の戸締りと照明、火の始末を間違いなく行い、衣更月が執事の作業室《バトラーズ・パントリー》に引き上げた時には日付が変わっていた。

衣更月はネクタイを緩めて備え付けのシャワールームに向かいかけたが、寝る前に済ませておきたい仕事を思い出してパソコンの電源を入れた。

花穎が訪れる地の事前調査だ。

祭には、圧政に虐げられた民衆や忍耐を強いられた群衆に非日常的な解放感を味わわせる事で憂さを晴らし、反抗心の発露を事前に防ぐ効果がある。

一夜限りと羽目を外す事が許容され、そこに酒が加わると火種は激増する。各国地域によっては一般市民のトラブルを隠れ蓑《みの》に、犯罪の温床となる事も多い。

平穏な街中でさえ、花穎は混雑に弱い。祭の会場、設備、主催者、規模、過去の事例、あらゆる角度から調べ上げて、問題の芽は事前に取り除かなければならない。同行出来ないならば尚更《なおさら》、万全の準備が求められる。

衣更月は該当日に開催される祭を検索した。八月一週目の週末とあって、都内近県で複数の花火大会がヒットする。人が分散するのは良い事だ。人数が少なければ、自然と熱は抑えられ、無頼の輩《やから》にも目を付けられずに済む。

石漱の自宅から往復可能な範囲に絞ると、花火大会の内の二件だけが残ったが、衣更月は念を入れて、地域広報のバックナンバーを入手した。

そこには、小さな祭の知らせが載っていた。

花火こそ上がらないが、地元民に古くから親しまれているようだ。駐車場の案内がないから、来場に車は想定されていないのだろう。

小学生の神楽《かぐら》舞の練習風景が写真に収められている。質実剛健といった雰囲気の能舞台の背には欅《けやき》だろうか、青々と茂った木が伸びやかに枝を広げていたが、その姿に違和感を覚えて、衣更月は神社の名前で画像検索を行った。

役所やSNS、個人ブログの画像が抽出されて一覧に並ぶ。数年分の祭の画像を見て、衣更月は自身が感じた違和感に気が付いた。

木が一本足りない。

分かってから最初の写真を見直すと、枝が右方向へ僅《わず》かに偏っている。

写真では雄大な木に見えるが、病に罹《かか》ったのだろうか。衣更月は直近一年分の神社に関する記述を拾い出して、境内に関する話題を重点的に読み込んだ。

「これは……？」

衣更月の目がある一文に捉《とら》われて、懐疑的に往復を繰り返す。

画面に映し出されたのは地方新聞の文字だけの記事だ。神社の境内で不審火があり、安全確保の為、焦げた木を切り倒したという。

記事の日付は六月の末、まだ二ヵ月も経っていない。

『境内では薪能が行われる事もあり、消防署は神社に防火対策を指導した』

薪の火の不始末だろうか。

衣更月は関連画像を保存し、記事と神社、役所のURLを自身のメールアドレスに送信して、パソコンの電源を落とした。

2

翌朝の屋敷は、花穎の心に同調しているかのようだった。

毎日八時半には出勤している雪倉と峻がいないので、邸内は静けさに包まれている。夏の日差しは目を眇《すが》めるほどに眩《まぶ》しいが、まだ暑さは感じない。

穏やかな一日の始まりに見えて、子供がクスクス笑いを堪《こら》えているような空気が、静寂の底を微《かす》かに震わせている。

寝起きが良いとは言い難く、ベッドで紅茶を飲むまでは何度も夢に逆戻りしそうな花穎が、今日は衣更月が寝室を訪れる前に目を覚ましていた。やはり彼の気持ちが屋敷に広がっていたに違いない。

これほど外出を楽しみにしている主人に水を差すのは躊躇《ためら》われる。

衣更月は朝食を給仕して、箸《はし》の進みから花穎の体調に問題がない事を確かめた。花穎は何度も欠伸《あくび》を嚙《か》み殺しており、寝不足は否めなかったが、行きの車内で寝てもらう事にする。

花穎がシャワーを浴びている間に食器を片付け、荷物と車を整える。それから戻って着替えを手伝い、髪を乾かせば支度は完了だ。

このまま送り出して良いのだろうか。

衣更月は花穎を車に乗せ、玄関に施錠した。

せめて、神社の件を耳に入れておくべきではないか。だが、不用意に主人の気分を害する所業は執事の本意とは言えない。

車を発進させるとほどなくして、後部座席の花穎が眠りに落ちる。

バックミラー越しに見える寝顔は無防備で幼い。当主の座に就き、相応《ふさわ》しくあろうとする姿勢は認めるが、友人と遊びに行くのが楽しみで寝付けないような、十九歳の子供である。

鳳に相談すべきだろうか。

真一郎《しんいちろう》に報告した方が良いだろうか。

首都高に乗り、海沿いをなぞって神奈川県に入る。金港《きんこう》ジャンクションで一般道に降りれば、鎌倉を過ぎて間もなく目的地だ。

衣更月はホテルのロータリーに入る手前で花穎に声を掛けた。

「花穎様。昼食のお時間です」

花穎は目を開けたが、瞼《まぶた》が半分しか上がっていない。自分のいる状況がすぐには思い出せない様子で、彼は緩慢に瞬《まばた》きをした。

「……、……寝ていた」

知っている。衣更月が車を停めると、ドアマンが後部座席のドアを開ける。衣更月は車から降りて、カードと引き換えに鍵《かぎ》を預けた。

エントランスは空調が良く効いて肌寒いくらいだ。衣更月は花穎の肩に薄手のカーディガンを羽織らせた。

「フレンチを予約しております。私は別室に控えておりますので、御用の際はホテルの方にお伝え頂くか、スマートフォンでお呼び出し下さい」

「分かった」

「行ってらっしゃいませ」

エレベーターに乗る花穎を見送って、衣更月はドアが閉まるのを待って顔を上げた。昼食を省けば三十分は使える。

衣更月はコンシェルジュが待機するカウンターへ向かった。

フロントから分離した専用窓口は教会の講壇《リーディングデスク》に似て、待機するコンシェルジュの穏やかな微笑みには、神父さながらにどんな話も聞いてくれる寛容さがある。

衣更月よりは年配の男性で、行って四十というところだろうか。黒髪を後頭部に流しているが、長さが足りず、部分的に整髪料が甘くなって毛先が立ち上がっている。細い銀縁の眼鏡がホテルの内装に似合って、クラシックな雰囲気を醸し出した。

「すみません」

衣更月が声を掛けると、彼は求肥《ぎゅうひ》の様な頬を上げて溌剌《はつらつ》と笑った。

「はい。何をお手伝い致しましょう」

「夜に観光を考えておりまして、お勧めのスポットを教えて頂けますか？」

「横須賀《よこすか》までおいでになれば、よこすか開国祭がございます。若干、規模は控えめになりますが、茅ヶ崎《ちがさき》でもサザンビーチちがさき花火大会が本日開催予定です」

コンシェルジュは定型文を再生するみたいに答えてから、手元のカレンダーを見て、自分で納得するみたいに頷《うなず》いた。

衣更月は件《くだん》の祭の評判を聞ければばと思ったのだが、夏の夜といえば花火だ。誘導めいてしまうが仕方ない。衣更月は少し悩む素振りを見せて、会話を継続した。

「どちらも少し遠いですね」

「電車で二十分ほどになります。行き帰りのタクシーも手配出来ますよ」

「花火にこだわりはないので、距離の近い所でお祭りはないでしょうか？」

「近くで……そうですね」

今度はコンシェルジュの方が悩んで、タブレットに検索条件を連ねて打ち込んだ。該当件数ゼロの数字と条件変更の提案が、彼の眼鏡に映って見える。

コンシェルジュは窺《うかが》うような上目遣いで衣更月を見た。

「江《え》ノ電《でん》で数駅の所で、あるにはあるのですが」

歯切れが悪い。衣更月が鋭い視線でコンシェルジュを捕まえると、彼は騙《だま》しだまし誤魔化すみたいに言葉を付け足す。

「地元の方が集まる小さなお祭りでして、他所《よそ》からおいでの方にはどうだろうかなあと思います」

「荒っぽい行事などがあるのですか？」

「いいえ。確か子供の神楽《かぐら》舞と、屋台が出るくらいです。ただあの一帯は……」

コンシェルジュは語尾を濁したかと思うと、スイッチを切り替えるかのように潑剌とした笑みを浮かべて元気よく答えた。

「観光の方にはやはり花火大会をお勧めします。空に上がった花火が海に映って綺麗《きれい》ですよ。水中花火もあるのです」

ここまで割り切った物言いをされては、一種の拒絶と悟るしかない。

「とても素敵ですね。ありがとうございます」

「お役に立てば幸いです」

衣更月が儀礼的に感謝を述べると、コンシェルジュも決まり文句で笑い返した。

花頴が下りてくる頃合いを見計らって、衣更月はドアマンに車を頼み、ロータリーで待機した。

車を受け取った直後に花穎がエレベーターホールに姿を現したので、その場に留《とど》まり、出迎える。花穎は後部座席に乗り込む時、彼の頭上、車体の縁に添えた衣更月の手の甲に脳天を擦った。乗車時に頭を保護する為の手ではあるが、実際に機能したのは衣更月がフットマンになって以来、初めてだ。

当主に恥をかかせないのも執事の勤め。衣更月は何事もなかったようにドアを閉めて、運転席へ移動したが、些細《ささい》な変化が不安の種に根を張らせた。

ホテルを出発して十分と掛からず、待ち合わせに指定された駅に到着する。

衣更月は小振りのボストンバッグを花穎に手渡した。

「明日、夕刻にこちらにお迎えにあがります」

「うん。見送らずに行って良いぞ」

花穎は路上駐車を気遣ったが、何処か上の空だ。貶《おとし》める比喩《ひゆ》ではないと前置きするが、見知らぬ家に連れて来られて、まず空気に落ち着けない仔犬《こいぬ》を思い出させる。

おそらく、花穎は本人が思っている以上に緊張している。

「失礼致します」

衣更月はお辞儀をして運転席に乗り、駅前に花穎を残して車を発進させた。

これより二十四時間、正式な休暇の始まりだ。

ビジネスホテルに宿は取ってある。鎌倉の静かなカフェでゆっくりしても良い。小《お》田原《だわら》に足を伸ばせば温泉で疲れを癒《いや》せるだろう。花火で夏を満喫するのも悪くない。

執事にとって、責務と過干渉の境界判定はデリケートな案件だ。

執事業務は主人のプライベートに深く入り込んでおり、執事個人の生活にも密接に関わっている。

主人の外泊に際して、同行を許されない執事が取るべき行動の限度とは。

正解があるならば鳳に尋ねたい。

線路沿いを南下する衣更月の車と猛スピードで走って来る自転車が、一車線を挟んですれ違う。

友人との休日。

夏祭と神社の不審火。

主人を脅かす恐れのある火種を見過ごして、執事は名乗れない。

姿を見せず、決して気取られず。

衣更月は緩やかに進路を変更して、音声操作で一件、電話を掛けた。

3

鳳の仕事に付いて回った経験が思わぬ形で活《い》きた。

「兄《あん》ちゃん。久しぶり」

裏表のない笑顔で衣更月を出迎えたのは、やたらと声の大きい男だ。前回、会った時に二十五歳目前と話していた覚えがあるから、三十に届いた辺りだろうか。

赤茶の髪を短く切り、面立ちはどちらかというと童顔だが、金属製の工具が山ほど入ったコンテナを軽々と持ち上げる腕と背筋には目を瞠《みは》るものがある。薄緑色の作業着に機械油を付けて、寝癖にも無頓着《むとんちゃく》な割に、安全靴の紐《ひも》はカタログのお手本の様に几帳面《きちょうめん》に縛られていた。

「御無沙汰《ごぶさた》しております」

衣更月が挨拶《あいさつ》をすると、彼を事務所から整備工場に案内して来た総務の女性が、二人の間に視線を行き来させた。

「近江《おうみ》さん、知り合い？」

「烏丸本社の人だよ。さっき電話で、整備頼まれた」

「……そういう事は連絡を受けた時点でこちらにも報告してくれる？」

「いいじゃん、ホカちゃん。来れば分かるんだし」

「帆果《ほのか》です」

彼女は長い前髪の陰から近江を睨《にら》むと、衣更月に会釈をしてスニーカーの踵《きびす》を返す。

近江に全く堪《こた》えた様子はない。

「堅いだろ。親御さんが二人とも警察官で、校則を一センチも破った事ないんだと」

「センチ？」

「スカートの長さ」

信じ難いという口調で答えて近江が汚れた軍手の手を差し出したので、衣更月は車の鍵《かぎ》を載せた。

「オイルとバッテリーの交換をお願いします。それから、当家の運転手がブレーキの遊びが若干、固くなったと言っております。念の為、点検して頂けますか？」

「ここは再会の握手じゃねえ？」

「そういった文化圏で育っておりませんので」

「はいはい」

「！」

近江は雑に返事をすると同時に衣更月の手を鍵ごと握って腕を引く。前のめりになりながら反射的に構えた衣更月の左拳《こぶし》を、近江は軽く払い、その手で衣更月の身体を抱えると背中を容赦なく叩《たた》いた。

「ハハ、でかくなって」

「近江さん」

衣更月の方が背は高いのに、子供みたいにかき抱かれて、戸惑わない方が難しい。

「執事になったんだろ。良かったな」

「若輩の身で、鳳の穴埋めになっていれば御の字です」

「何だよ、弱気。オレを投げ飛ばそうとしたギラつきを忘れたか？」

近江が身体を離して、不可解そうに顎《あご》を摩《さす》る。

大人とは、得てして昔の話を昨日の様に語るものだ。時間の密度差が恨めしい。

「その節は御迷惑をおかけしました。御迷惑ついでに幾つかお尋ねしても宜《よろ》しいでしょうか？」

「何年越しのついでだよ」

近江が破顔して、指で手招きをする。

衣更月はスーツを整えて彼の後に付いて行った。

側面のシャッターを開け放した整備工場は雑然として、オイルやゴムの匂いに満たされていたが、入ってみると不思議と涼しい。

蟬がひっきりなしに鳴いている。

近江が座れと勧めてパイプ椅子を叩くと、粉塵《ふんじん》状の埃《ほこり》が舞い上がり、歪《ゆが》んだアルミパイプの脚が不吉な音を立てた。

衣更月は椅子が潰《つぶ》れても転ばない気構えで腹を括《くく》って、破れた座面に腰かけた。

「近江さん。今日、隣町の神社でお祭りがあるのを御存知ですか？」

「御霊灯《とも》しか？　そういや今日だったか」

近江が筋張った首を巡らせて、鉄筋に直に吊《つ》るしたカレンダーを見上げる。

「あちらの神社で六月に火事があったのを覚えていらっしゃいますか？」

「！　ああ」

彼は何かを思い付いたように眉《まゆ》と瞼《まぶた》を押し上げると、上体を捻《ひね》って声を張り上げた。

「ホカちゃん。ホカちゃーん！」

胸声が整備工場の天井に響く。金属を弾《はじ》いたような残響が消えるのと入れ替わるように、外からスニーカーの足音が駆け込んできた。

「帆果です」

「ホノカ」

「……っ！」

真面目な顔で呼び直されて、帆果が絶句する。近江には見えていないようだ。

「御霊さんとこで火事あったじゃん。あれって結局、何だったか覚えてる？」

「その話、どのくらい重要？」

「極めて重要。正確によろ」

両手を合わせて拝むように頼む近江に、帆果は溜息《ためいき》を吐いて、伸びた前髪を左耳に掛ける。日焼けが袖《そで》や装飾品の痕《あと》を白くして、海の太陽の強さを思わせた。

「一応、火《ひ》焚《たき》の火が飛んだ事になってる」

「一応って何だ？」

「警察は、放火と考えてるみたい……」

近江が左の眉を顰《ひそ》める。

不審火という表記を見た時から、衣更月が危惧《きぐ》していた事だ。

帆果の瞳《ひとみ》に後悔が過《よぎ》って、彼女の足を半歩、二人に近付けさせた。

「外で話さないでよ。最近は電車やお店でした会話が、見ず知らずの人に聞き耳立てられて、ネットで拡散されるなんてのも珍しくないんだからね」

「そんな事されんの？　盗聴じゃん」

「盗聴になるのかな、あれ。私も外で人と話してた内容が、何とかってキャラクターに置き換えられて、ツイートされてた事あって」

「へー、検索したら見られる？」

「止めて、恥ずかしい」

帆果が身を乗り出す近江の額を手で押し返す。

衣更月は椅子の上で彼女に向き直った。

「決して口外しないとお約束します」

アルミパイプの脚が軋《きし》んで、砂を潰す感覚が腿《もも》の裏側に伝わる。

帆果の表情を占めていた不安が薄れたように見えた。

「放火された理由は分かっていますか？」

「春頃から、神社の移築を迫る人がいたと聞きました。大元の企業は分かりませんが、海に近くて広い土地なので旅館などの事業計画が持ち上がる事があって、その関係ではないかと疑って捜査しているみたいです」

「脅迫ですか」

厄介だ。

放火自体が目的でないとすると、根本的解決が成されるまで危険は続く。

「なあ、ホカちゃん。何てキャラクター？」

「知らない。花の妖精《ようせい》が魔法の国でどうとかってアニメ」

「ホカちゃんは観てないやつ？」

「小学校高学年の女の子向けだよ。対象年齢外れてるでしょ」

近江と帆果は依然、インターネットの話題で攻防を繰り返している。衣更月は椅子を引いて、会話から離れる意思表示をした。

「ありがとうございます。参考になりました」

「もういいの？」

「はい。噂を聞いて、少し気になっただけですから。車、明日の午前中には受け取りたいのですが、無理を申し上げていますか？」

衣更月が尋ね終わるのを待たず、近江と帆果がそれぞれ首と手首を左右に振る。

「間に合わせるぜ」

「間に合わさせます」

頼もしい言葉だ。

「よろしくお願いします」

衣更月は帆果に連れられて事務所で正式な手続きを終えると、電車で花穎と別れた駅まで引き返した。

4

駅から神社までの難所は、誰に訊《き》いても海からの参道だと答えるだろう。

階段が長い。

古くからあるらしい。石を削り出して組んだ階段は表面にざらつきがあり、時々、小石を踏んでは革靴の底が拉《ひし》げて足の裏に痛みを覚えた。ちょうど足裏のツボに当たってくれないだろうかと、我ながら馬鹿げた期待が頭を掠《かす》める。

（それにしても……）

衣更月は三つ目の鳥居で振り返り、海から上ってくる手提げ灯籠《とうろう》の火を眺めた。参拝者が神社に火を持ち寄る祭とは、物騒な事この上ない。もし衣更月が放火犯ならば、乗じてくれと言わんばかりの好機ではないか。

（海風が涼しい）

災厄を根から摘《つも》うとまでは望まない。申し訳ないが、衣更月は烏丸家の執事だ。真一郎と花穎に害が及ばぬよう事前の手を打つより他は彼の領分ではない。

（そう、花穎様の――）

衣更月は思考と視覚が合致するのを感じて、馴染《なじ》み過ぎている気持ち悪さに警戒心を尖《とが》らせた。

(花穎様!)

階段の下方にいるのは花穎本人だ。階段と灯籠の火に気を取られて、衣更月には気付いていない。

衣更月は屋台に吊られた綿あめの袋に身を隠した。

階段を上り切った花穎の吐息が、疲労と感動で弾んでいる。

「すごい、人がいっぱい」

「あんま見過ぎるなよ」

よくぞ忠告してくれた。衣更月は石漱に密《ひそ》かに感謝した。

彼は朴訥《ぼくとつ》として社交的とは言えないが、年齢の割に自分と他人を割り切っているように見受けられて、衣更月は好ましく思っていた。

花穎は世間知らずなところがある。真一郎は選民意識を持たない大らかな人だが、名家の歴史と風習には、部外者が理解出来ない部分もあるだろう。そこを捨てては当主として立ち行かないのだが、花穎は相手によって演じ分けられるほど器用ではない。

だから、家庭環境の近い赤目《あかめ》や壱葉《ひとは》とは別の意味で、自分と他人は別の個体だと明確に認識出来る石漱は、花穎に不利益でない人間関係を築く素質があると言えた。

二人が仲良く話をしていると、授業参観をしているような心地になるが、覗《のぞ》き見をし続ける訳にはいかない。

衣更月が花穎に気取られぬよう、一足先に神社の境内へ向かおうとした時だった。

向こうからふらふらと歩いて来た男が、花穎とすれ違い損ねてぶつかった。

花穎はまだ、自分の身に起きた事に気付いていない。

「…………」

男がこちらへ歩いてくる。口元でにやりと嗤《わら》う。

衣更月は彼の前に身体を置いて、行く手を遮った。

「こんばんは」

「何？」

「手にお持ちのそれを、返して頂いても宜《よろ》しいですか？」

衣更月は手の平を上へ向けて差し伸べた。

男が右手を入れるカーゴパンツのポケットから、ストラップの端が飛び出して、ガラス玉が下がっている。

「これは俺のだ」

「スマートフォンの転売は手軽な収入になるそうですね」

「……横取りはさせない」

男が俚耳《りじ》を憚《はばか》って声を潜める。

愚図ぐずしていたら、花穎に見付かってしまうではないか。

「失礼」

衣更月は男の手首を摑《つか》み、人体の構造上、曲がってはいけないない方向へ捻《ねじ》った。

「痛っ」

「返して下さい」

「お前、奇妙《おか》しいんじゃないか？　これは彼奴《あいつ》の」

「つまり、あなたの物ではない」

手首を捻《ひね》りながら、肘《ひじ》の内側を親指と中指で摑んで、柔らかい部分に指先を押し込む。男の手が緩んだので、衣更月がスマートフォンを小指と薬指で確保すると、男は自棄《やけ》になったように肩から腕を振り回した。

「離せ」

抵抗が途切れる感覚がして、反動で衣更月の手が引き戻される。男が悪足掻《あが》きに指を絡ませていたため、ストラップが切れてしまったようだ。

衣更月が胸ポケットからハンカチを引き抜き、指紋で汚れた画面を拭《ふ》くと、男は無礼にも気味悪そうに青ざめて、人混みに逃げ込んだ。

掏摸《すり》はどうでもいい。衣更月はフライドポテトの屋台に隠れて、視界を反転させた。

スマートフォンがない事に気付いたようだ。花穎がポケットを上から押さえて、徐々に平静を装い切れなくなっている。

衣更月は急いで辺りを見回し、通りかかった小学生に声を掛けた。

「君」

初対面のはずだが、何だか懐かしい面差しをした少年だ。夢中になって上って来たのだろう。癖のない前髪を汗で額に張り付かせて、頰を紅潮させている。

「おれ？」

「頼みがある。これはあそこにいる紺のシャツのお兄さんが落とした電話だ。届けてあげてくれないか？」

「いいよ」

少年は二つ返事で答えて、衣更月の手からスマートフォンを取ると、物怖《ものお》じせず花穎に駆け寄って行く。衣更月は道路に目を凝らして、何度か間違えて小石を拾い、四度目でガラス玉を回収した。

鳳が花穎への土産に買ったと聞いている、ヴェネチアングラスの根付だ。後でどうにかして渡すとしよう。

少年が走って来る。しかし彼は衣更月には目もくれず、幼い少女と手を繫《つな》いで歩く女性に突進した。

「お母さん」

彼の捨て身に近い飛び込みは、受け止めてもらえると信じきっている。母親は空いている左手で長い前髪を耳に掛け、不意に顔を上げた。

「衣更月さん」

驚いたのは衣更月も同様だった。

「こんばんは。奇遇ですね。帆果さん」

ほんの二時間前に別れたばかりで、また会うとは思わなかった。

「実家が近くて……」

帆果が曖昧《あいまい》に答える。話を続けたくなさそうだ。

整備工場でも日焼けした手に指輪の痕《あと》があると思っていたが、仕事の為に外していたのではないらしい。他人には詮索《せんさく》されたくない事情は誰にでもある。

アニメの対象年齢の話は、帆果の子供達を指していたのだと合点がいって、衣更月が子供の存在を知っても問題はないと判断出来た。情報は一方的に摑んでおくと有益だが、摑んでいる事を当人に知られると不都合も生じ得る。

「お母さん。おかぐら見に行って良い？」

「ヒイロ、迷子になったらお水の所だよ」

「分かってる。ミワ行こう」

「行く！」

子供二人が石段を駆け上がって行く。

「明日、伺います」

衣更月が別れの言葉を切り出すと、帆果は愁眉《しゅうび》を開いて足早に立ち去った。

追いかける訳ではないが、衣更月も花穎が移動する前に境内を下調べしておきたい。帆果が一度、怪訝《けげん》そうに振り返るのを察知して、衣更月は石段に注意を払う風を装い、彼女を見ていない事を暗に主張した。

女性が身の回りを警戒するのは護身の一環として重要不可欠だが、男だというだけであらぬ冤罪《えんざい》について常に潔白を示し続けなければならないのは厄介だ。善良な人間ほど割りを食う。

特に人混みは注意が要る。衣更月の失態は、直結して烏丸家の名に傷を付けると思うと、予《あらかじ》め両手を縛って歩きたいくらいだ。

衣更月は境内に上がり、素早く全景を記憶した。

鳥居を潜《くぐ》った前方正面に社を構えて、左手前に手水舎《ちょうずしゃ》、左奥に手提げ灯籠《とうろう》を預ける祭壇がある。石畳の参道を挟んで右手前には低木に囲まれて小さなお堂がひっそりと佇《たたず》み、そのまま敷地の奥へ視線をずらすと、写真で見た能舞台が一本の大樹と寄り添って建っていた。

あわよくば、神社の関係者に話を聞きたいが、祭の最中でそれどころではないだろう。遠目に花穎の動向を把握しながら、先回りして不審物がないか調べておくのがせいぜいだ。

お堂、手水舎付近に長く留《たど》まる人影はない。

祭壇では手提げ灯籠が、絶え間なく吹く風にちらちらと炎を揺らしている。

能舞台の周辺に人が集まり始めて華やかな浴衣《ゆかた》が景色を彩っているから、花穎は積極的に近付かないだろう。

(放火だとしたら、能舞台の陰は日頃から死角なのかもしれない)

衣更月は社から舞台へと、カルガモの様に移動する舞手と楽師の列が過ぎるのを待って、渡り廊下伝いに能舞台の裏側に回った。

しかし、燃えた木の痕跡《こんせき》を見る事は叶《かな》わなかった。

能管の調べに空気が張り詰める。

鼓の澄んだ一音は鼓膜の一点を穿《うが》つようだ。

板を踏み抜く足音は軽く、しかし全員がピタリと合って小気味好《よ》い。

衣更月は舞台の角で足を止めた。

「その話、本当か？」

話し声が聞こえる。

「そんな事されたら俺達、皆、あんな祭如《ごと》きで社会的に死ぬの確定だ」

「とにかく消さないと」

焦った声音で話しているのは男が二人。

衣更月は能舞台へ上がる階段に身を潜め、声がする方を窺《うかが》った。

そこにいたのは、浅葱《あさぎ》色の袴《はかま》を着た男と黒いチノパンを穿いた男だ。距離の近さから親しい間柄である事が見て取れる。

「どうやる？」

「さっき一人で来ているのを見かけた。監視させてこっちに追い込む手筈《てはず》だ」

誰かが狙われている。

彼らの共通認識に頼った会話の断片から得られる情報はあまりに少ないが、悪事の算段である事は疑いようがない。

（神社に移築を迫ったという業者か？　とにかく、狙われているその何者かをここに近付けさせてはいけない）

衣更月は社の方へ引き返そうとして、思わぬものを見た。

帆果が一人で歩いている。舞台には見向きもせず、辺りを見回して何かを捜しているようだ。

その後ろを、付かず離れず尾行《つけ》る男がいる。

彼は不自然に人混みを通って帆果の前に出たかと思うと、彼女が余所見《よそみ》をした隙にわざとらしくぶつかる。謝る帆果に、男は親切そうに話しかけて、言葉を交わした後に能舞台を指差した。

正しくは、能舞台の裏側だ。

帆果がお辞儀をして、スカートの足元をもたつかせながらこちらに走ってくる。

(そんなはずは)

帆果の背を見送る男がしたり顔で笑う。

(狙われているのは彼女なのか？　何故……)

答えを導き出してからでは手遅れになる。

「あ」

帆果が衣更月に気付いて、歩を弛《ゆる》める。この先には二人が手ぐすね引いて待ち構えている。

「帆果さん、こちらへ」

衣更月は彼女の手首を摑《つか》み、説明を後回しにして能舞台から引き離した。

「何処へ行くんですか？　私は子供達を捜さないと」

「説明は致します」

細い腕が抵抗して強張《こわば》る。話せるものならこの場で話したいが、彼らの仲間が何処にいるか分からない。まず、目の前に一人いる。

「おい」

帆果を舞台裏へ行くよう仕向けた男は、案の定、彼女を見逃しはしなかった。

男が大股《おおまた》で衣更月に近付いて来る。更に始末の悪い事に、帆果は男の方を善人だと思っていた。

「助けて下さい。この人がいきなり」

「お前、何のつもりだ」

揉《も》め事は起こしたくない。花穎に見付かってしまう。

男が拳《こぶし》を固める。一際強い風が、帆果の前髪を掻《か》き回して目を瞑《つぶ》らせた。

次の瞬間、舞台で大きな音がして、祭壇の手提げ灯籠が一斉に消える。人混みから悲鳴が上がり、不安そうにざわめく声が次第に高くなる。

今だ。

衣更月は社から漏れる明かりを頼りに男の脛《すね》に蹴打《しゅうだ》を叩《たた》き込んだ。

「うぐっ」

男が蹲《うずくま》って足を押さえる。

「失礼致します」

衣更月は帆果を担ぎ上げると、混乱に乗じて参道を走った。

「離して。嫌！　あなたが放火犯だったんですね。うちの会社に来て、警察が何処まで分かっているか探ったんでしょう」

帆果が身を捩《よじ》って衣更月の背中を叩く。この程度は想定内だ。有事の際には花穎を抱えて災いの渦中から連れ出さなければならないから、彼の体重で暴れられた場合を視野に鍛錬をしている。何しろあの主人は必ずしも衣更月の勧めを聞き入れるとは限らない。

「両親は警察です。近江さんだって、地元では顔が広くて、私が出社しなかったら、皆が捜してくれるんだから。今の内に離すなら見逃してあげます」

「シィ」

衣更月は鳥居の数メートル前で進路を曲げ、低木の中に駆け込み、お堂の陰に身を潜めた。腕の中で帆果が暴れるので、羽交い締めにして動きを封じ、腕で口を塞《ふさ》ぐ。

「見て下さい」

衣更月は誰にも聞かれないよう帆果の耳元で囁《ささや》いた。

帆果の抵抗が僅《わず》かに弱まる。

鳥居の下では、浅葱色の袴の男と黒いチノパンの男が待ち伏せている。そこに先程の男が、蹴《け》られた足を庇《かば》うように走って来た。

「悪い、逃した」

「何やってんだよ。あの女を捕まえておかないと、俺達どうなるか分かってんのか」

「近くにいるはずだ。捜せ。俺も買い出しとか理由を付けてすぐに追う」

袴の男が境内に取って返し、残る二人が境内の中と外に分かれる。

「どうやら、貴女《あなた》が狙われているという事には間違いないようです」

帆果の身体から力が抜けていく。

衣更月は様子を窺《うかが》い、ゆっくりと手を退けた。

「何で私？」

帆果が愕然《がくぜん》と、衣更月のスーツの袖《そで》を握り締める。

「ヒイロ、ミワ」

彼女は子供達を案じて立ち上がろうとしたが足に力が入らない。

衣更月は能舞台の袂《たもと》を見遣った。

大樹の下で、花穎と石漱《みや》が子供二人を懸命にあやしている。

「お子さん達は安全です。この境内で最も信用に足る人と一緒にいます」

衣更月は狡《ずる》い言い方をした。

花穎がこの場の誰より犯罪に関わっていない事は絶対だ。同時に、帆果を近付けなければ、花穎の安全が保たれるという計算があった。袴の男の話では、彼らは帆果が一人で来ていると思っている。

「まずは安全な場所に身を隠しましょう」

衣更月は帆果を支え、花穎に見付からぬよう、能舞台に背を向けて立ち上がった。

5

通りでタクシーを捕まえて、帆果が行き先に指定したのは江《え》の島《しま》寄りの交番だった。

昔ながらの無骨な設計の交番に赤いランプが灯《とも》っている。

引き戸を開けると、高校生くらいの少女三人が、年配の警察官に説教されていた。

「高校生がヒッチハイクで花火大会なんて危ないだろう」

「平気ですよー」

「皆、優しいし」

「ジュースとか奢《おご》ってくれるし」

浴衣《ゆかた》の形はしているが裾《すそ》は広がって、丈が膝《ひざ》までしかない。女子高生は退屈そうに足をぶらぶらさせて、欠伸《あくび》もくしゃみもお構いなしだ。

「だから、それはだなあ」

警察官は根気よく話して聞かせていたが、こちらに気付くと即座に話を中断した。

「帆果。祭に行ったんじゃなかったのか？」

「お父さん」

帆果が呼びかけると、女子高生がつけまつげで強調した目を爛々《らんらん》とさせた。

「娘？　おじさんの娘？」

「彼氏、背ェたっか！」

「あたしは好みじゃないなー」

言いたい放題である。

「お父さん、少しの間いさせてもらってもいい？」

「休憩室行け。空いてるから。この子達を帰したらお父さんもそっち行く」

「えー、帰りたくなーい」

衣更月が高校生の時は、彼女達の様なクラスメイトはいなかったように思う。時代が変わったのだろうか。衣更月は自分の歳を考えてしまった。

「こちらです」

帆果は初めてではないらしく、衣更月を連れて事務室の奥の廊下へ進み、曇りガラスの格子戸を開けた。

警察の個室というので、衣更月は深い考えもなく取調室や拘置所を連想していたが、中はごく普通の部屋だった。

イメージとしては古い学校の職員室を彷彿《ほうふつ》とさせる。職員室の隅の休憩スペースと言った方がより明確だろうか。板張りの床に黒い三人掛けのソファと木のテーブルをどんと置いて、座った正面にテレビがある。

冷蔵庫がいびきの様に低い音を立てて、沈黙の息苦しさを感じさせない。

帆果がソファの端に浅く座る。

衣更月はスマートフォンで花穎のGPSを確認した。石漱の自宅に戻ったようだ。安堵《あんど》で息を吐く衣更月に、帆果が遠慮がちにソファを勧めた。

「どうぞ座って下さい。私を抱えたりしてお疲れでは」

「ありがとうございます」

衣更月はソファの反対端に腰かけて、見た目より柔らかい座り心地を密《ひそ》かに褒め称《たた》えた。

「あの人達、一人は神社の方ですよね」

「はい。浅葱《あさぎ》色の袴《はかま》でしたから、階級は若い方だと思われます」

「言われてみれば、神主さんは紫色の袴でしたね。模様が入った……」

帆果が虚《うつ》ろに呟《つぶや》く。

「今までにも誰かに狙われるような事はありましたか？」

「初めてです。誰が何の為に私なんか……。見当も付きません」

「私が耳にした範囲では、急に貴女の存在が何らかの障害になった様子でした。いつもと違った事はありませんでしたか？」

「衣更月さん」

自分の名前が出て来るとは思わなかったので、衣更月は慎重に彼女の言葉を待った。

帆果は重い荷物を持ち上げるように頭を擡《もた》げ、衣更月の方に顔を向ける。

「あなたが来た事くらいです」

長い前髪が左目を覆って、感情を読み取り難《にく》くした。

「私ですか」

「いきなり来て火事の話を訊《き》いたでしょう。さっき腕を摑《つか》まれて、てっきり警察が放火を疑っていると話してしまった所為《せい》だと思って。でもよく考えたら、私を襲う理由にはなりませんね」

「そうですね」

「たくさん叩《たた》いてごめんなさい」

膝に手を揃えて帆果が頭を下げる。彼女のスカートが砂で汚れているのは衣更月の所為なので、一方的に謝罪されると据わりが悪い。

「今日一日の行動を、ひとつずつ確認してみましょうか」

手荒に扱ってしまった罪滅ぼしに、衣更月は帆果が記憶の糸を手繰る手伝いを買って出た。

衣更月を疑っただけあって、彼女の一日は何の変哲もない出勤日に思えた。

「小学校が夏休みの間は平日でも大差ないので、普段、土日にお休みをもらっている分、今月は週末に多くシフトを入れてるんです」

「その間、ヒイロさんとミワさんはどちらに？」

「実家の母に預けて、迎えに行った足でお祭りに寄りました」

時間的に、衣更月が車を預けて出た後、時を置かずして退社した計算になる。

「放火以外に話した事と言えば、アニメくらいですか」

「魔法の花……島？　ウルトラマリンとか、ローズとか」

帆果がうろ覚え過ぎて、正解が気になる。

衣更月はスマートフォンの検索ボックスにそれらしい単語を入れてみた。

「妖精の島《フェアリーアイランド》ミラクルマリンという番組があります」

「それです」

帆果も気に掛かっていたらしく、明るい表情になる。ずっと難しい顔をしていたから、余裕が生まれたのなら良かった。衣更月はもう少しだけこの話題を引き延ばす事にした。

「改変ボット、これでしょうか？」

アニメを題材にしたツイッターの中から、フォロワー数の多いアカウントを表示する。任意のツイートをキャラクターに置き換えて転載するプログラムのようだ。

「そうです。ええと」

衣更月がスマートフォンを渡すと、帆果はログを遡《さかのぼ》って一件の投稿を大写しにした。

五十人近くがリツイートして、二百人強がいいねを付けている。

『マリンが聖堂に人魂飛んでたとか言うから怖い話かと思ったら、泣き虫のリズが震えながらかばってくれて幸せで泣きそうって続いて、パンの焼き上がりの鐘がウェディングベルに聞こえたわ』

衣更月は帆果への逆変換を試みた。

「帆果さんはどのポジションでしょう?」

「マリンさんです」

帆果がスマートフォンを衣更月に返して、ソファの端に座り直す。

「毎月月末に別れた夫と会わせる約束で、ミワはまだ小さいのでヒイロだけ預けに行く途中でした。ヒイロがおばけがいたと言って……抱っこをせがまれるかと思ったら、足を震わせながら私の前に立ってかばってくれたんです」

リズというキャラクターが何者かは推測の域を出ないが、幼い息子に守られた母親の心境は、衣更月にも何となく分かる。

烏丸家の番犬は、花穎の奇抜な人事で雇われた雑種の仔犬《こいぬ》なのだが、彼女が衣更月の前に立ち、侵入者を威嚇した時は感じ入るところがあった。

「待ち合わせをしたカフェでその話をしたんですけど、隣の席にいた人がツイートしたみたいで。別れた夫に会っている時にウェディングベルなんて皮肉ですね」

帆果は苦笑いをして、日に焼けた左手の薬指に残る指輪の痕《あと》を摩《さす》った。

「喉《のど》渇きましたね。お茶をもらえないかお父さんに訊いてきます」

帆果がソファから立ち上がり、廊下に出る。ちょうどその時、向こうからも帆果の父親が駆け寄って来て、彼女を休憩室に押し戻した。

「お父さん。何？」

「帆果。ヒイロとミワを預かってるって人から、親が捜してないかって電話が来てる」

「え！」

帆果が父親の横をすり抜ける。父親が追いかける。

衣更月は席を立ち、スマートフォンの画面を切り替えた。

花穎のGPSが神社に戻っている。

「はい、うちの子です。何処に……神社？」

派出所に女子高生の姿はなく、帆果が深刻な面持ちで電話を受けている。衣更月は彼女に近付き、抑えた声で伝えた。

「私が一緒に行きます。迎えに行くと答えて下さい」

帆果の双眸《そうぼう》に覚悟が宿った。

6

神楽舞《かぐら》は中止になったと、神社のホームページに書かれていた。屋台は跡形もなく捌《は》けて、衣更月達は石段の下までタクシーを乗り入れる事が出来た。

「私が様子を見て参ります。帆果さんは車内でお待ち下さい」

「分かりました」

「運転手さん。彼女にはストーカーがいます。私以外の誰が来てもドアを開けないで下さい」

「そりゃあ大変だねえ」

親身になって心配する運転手に、帆果が話を合わせて頷《うなず》く。

衣更月は車を降りて、慎重に階段を上り、境内を窺《うかが》った。

手提げ灯籠《とうろう》の祭壇に人が集まっているのが見える。物陰を伝い、闇に身を潜めて距離を詰めると、花穎の声が聞こえてきた。

「海風だと思う」

言葉の端々から察するに、手提げ灯籠の火が消えた原因を解き明かし、神社の関係者とヒイロとミワに話して聞かせているようだ。

鳳は花顥を聡明《そうめい》だと褒めるが、あながちお世辞とも言い切れない。

色彩を強く感じてしまう目を持って生まれたが故に、『見る』事に一方《ひとかた》ならぬ精神力を割いて来たのだろう。

主人の軽挙を諫《いさ》める立場にある衣更月でも、そんな所までよく見ているものだと感心せざるを得ない時もある。無論、だからと言って主人らしからぬ行動が許容される訳ではないが。

今夜はヒイロとミワを安心させる目的であるらしい。

「おじさん、友達にお守りを百個作って欲しいって頼まれてね。百個は大変だろう？」

浅葱《あさぎ》色の袴《はかま》の男がいけしゃあしゃあと嘘を吐く。

花顥は彼の話を信じ切っているようだ。

その方が良い。

ヒイロとミワが彼らの密談を聞いていたと知った瞬間は、衣更月の胃も三割減で縮んだが、彼の嘘を信じていれば危険視はされない。誤魔化す方を選んだ浅葱色の袴の男には腹立ちもするが、花顥に関わらない選択をした一点に於《お》いて感謝しておこう。

衣更月は再び物陰を伝って通りに戻り、タクシーの窓をノックした。

運転手が親指を立てて応《こた》え、後部ドアを開ける。

「帆果さん。お子さんは二人とも無事です。行ってあげて下さい」

「でも、私が行ったらあの子達にまで危険が及びませんか？」

「今は大勢の目がありますから、何もして来ないでしょう。長居はせず、巧《うま》く言って二人を連れて来て下さい。他に誰も同行させないように。出来ますね？」

「……はい！」

帆果がしっかりと返事をする。

衣更月はタクシーのドアを開けたまま、車体に身を寄せてしゃがんだ。

「面倒なお願いをして申し訳ありません」

「いいですよお。色んなお客さんがいるからね、見ても見えない振り、聞いても聞こえない振り、ドアを開閉するごとに記憶をリセットするのが平和のコツです」

「聞いても聞こえない振り？」

衣更月は短い呼吸で夜気を吸い込んだ。

忽《たちま》ち、鍵《かぎ》がぴたりと嚙《か》み合った感覚がする。

存在を消して空気に溶け込む術《すべ》は、執事の在り方にも通じるではないか。

「勉強になります」

衣更月は足音を聞き、膝《ひざ》を伸ばした。

「お待たせしました」

帆果が二人を連れて走って来る。後ろから付いて来る者はいない。

「乗って下さい」

衣更月は三人と一緒になって自分も乗り込み、行き先を言う前に発車を頼んだ。

「ヒイロ、ミワ」

「おかーざん」

人魂から母親を守ったという勇敢な騎士は幼い子供の顔で号泣して、妹と一塊になって帆果にしがみ付いた。

7

帆果とヒイロ、ミワを実家に送り届けると、帆果の母親が玄関まで飛んで来た。

「お父さんから子供達が迷子だって連絡が来て」

「お祖母《ばあ》ちゃん！」

ヒイロとミワが薙《な》ぎ倒す勢いで抱き付く。

「送って頂いてありがとうございました」

頭を上げた帆果の顔には、安堵《あんど》と、疲労と、不安がある。

「あの人達、また来ると思いますか?」

「一晩だけ御辛抱下さい」

「え?」

「タクシーの時と同じです。お父上以外の誰が来ても、決してドアを開けてはいけません。全てが終わったら連絡します」

衣更月の言葉に帆果は困惑していたが、一度無理やり頷くと、次は意志を持って深く頷き直した。

「誰も入れません。怒鳴られても、泣かれても」

「宜《よろ》しい」

衣更月は密《ひそ》やかに笑い返した。

玄関のドアが閉まり、鍵を締める音まで聞いてからタクシーに戻る。衣更月は懐中時計を開き、運転手に最後の目的地を伝えた。

残業を強いたのは衣更月自身だった。

仕事熱心な彼だから、整備が終わるまで帰らないだろう事は分かっていた。

事務所の電気が消えて、人が出て来る。彼は敷地の門に立つ衣更月を見て意外そうに、だが、嬉《うれ》しそうに笑った。

「兄ちゃん、どうした？　飲みの誘いなら断らねえぜ」

「近江さん」

衣更月はスマートフォンを掲げてみせた。

「何だよ」

「これを見たのですね」

近江が上体を前へ屈《かが》めて目を細め、画面を見て弾《はじ》かれたように身体を引き戻す。

衣更月が画面に呼び出しておいたのは、帆果の話が改変されたツイートのスクリーンショット画像である。

『マリンが聖堂に人魂飛んでたとか言うから怖い話かと思ったら、泣き虫のリズが震えながらかばってくれて幸せで泣きそうって続いて、パンの焼き上がりの鐘がウェディングベルに聞こえたわ』

街灯に虫が吸い寄せられ、鈍い音を立ててライトにぶつかる。不安定な羽音が飛び去ると、二人の間に静寂が横たわった。

「単語を抽出して類語で検索した結果、同ツイートを元にしたと思われる改変転載を複数、発見する事が出来ました。その中でたったひとつ、キャラクターに置き換えられていないものがあります」

衣更月はスクリーンショット画像を最新までスライドさせた。

『カフェで隣のテーブルの話が聞こえてきたんだけど、女の人が神社で白く光るおばけが飛んでたとか言うからホラーかよ！　って思ったら、彼氏？　が震えながらかばってくれて幸せって続いて、鎮火報がウェディングベルに聞こえた』

「こちらが帆果さんの話を聞いた本人のツイートでしょう」

衣更月はタブを切り替えて、大元のページを開いた。

「画像欄には由比《ゆい》ヶ《が》浜《はま》や鎌倉の写真が頻繁に投稿されています。件《くだん》のツイートの日付は六月末」

「…………」

「神社の木が燃えた日です」

「悪いけど、難しい話は俺には分かんねえな。飲み行くか？」

近江は気安く振る舞ってみせるが、笑顔がぎこちない。

「コーヒーならば。酒の勢いではぐらかして良い問題ではありません」

「……チッ」

近江はTシャツの肩を怒らせて事務所へと引き返す。衣更月が追従すると、彼は閉めたばかりの鍵を再び開けて、電灯を点《つ》けた。

衣更月は事務所に入り、後ろ手にドアを閉めた。

「神社に移築を迫った業者について調査させて頂きました。確かに、あの一帯を買い取って旅館を建てる事業計画は存在しました。一年半前の事です」

「そんな簡単に調べられんのか」

「蛇の道は蛇と申します」

烏丸家もささやかでない不動産を所有しており、運営、管理は家令が司《つかさど》る重大な職務だ。古くは領地、領民の管理に端を発する。

執事の衣更月が烏丸家の不動産資産を動かす事は出来ないが、情報網の一部を危機管理に役立てる心得は仕込まれていた。

「しかしながら、事業計画は疾《と》うに中止されています」

「そうかよ」

近江が紙コップを筒から二つ引き抜いて、コト、コトと机に置く。再沸騰させたポットのお湯が蒸気を噴く。

『白く光るおばけが神社で飛んでいた』『鎮火報が聞こえた』

インスタントコーヒーを掬《すく》うスプーンが動かなくなる。

「帆果さんとヒイロ君が見たおばけこそが、火事の原因なのではありませんか？」

近江の頰が筋張る。

歯軋《はぎし》りの音が聞こえた。

「タイにコムローイという行事があります。十一月に仏陀《ぶつだ》への感謝を込めて、灯籠《とうろう》を飛ばすというものです」

気球の原理で、紙で作られた灯籠を蠟燭の火力で浮かび上がらせる。無数の白い灯籠が夜空へと送り出される光景は幻想的で、日本国内でも度々、取り上げられる事があった。

灯籠を祭の核として育った彼らには、衣更月が思う以上に特別で、身近な祭事に感じられたのかもしれない。

「六月の終わり、神社の境内で飛ばした灯籠が、海風に巻き上げられたのではないでしょうか。その先にあったのは、能舞台の陰で風を受け止めていた大樹です」

奇《く》しくも、花穎の実験が境内の風の流れを証明している。風が凪《な》ぐのを待って飛ばしたのだとしたら、直後に突風に見舞われた事だろう。

「御実家にミワさんを預けて、神社の前を通りかかった帆果さんとヒイロ君は、空へ上る白い光を目撃した後、近くのカフェでその話をしました。そこに火事を消し止めた消防車の鎮火報が聞こえたとしたら……」

一昔前ならば、その場で終わった話だろう。モノクロ映画では、刑事が靴底を磨り減らして入手する類《たぐ》いの証言だ。

現代では、いとも容易《たやす》く、無自覚に流布される。

聞いても聞こえない振りをして――

「居合わせただけの部外者によって、過失の一部始終が記録されてしまったのです」

衣更月は近江の一挙手一投足、呼吸の変化にまで意識を集中した。

彼の本心が知りたい。

近江の横顔が深々と溜息《ためいき》を吐き出す。彼は銀色のスプーンを、中蓋《なかぶた》を半分だけ剥《は》がした瓶に差して、山盛りのインスタントコーヒーを紙コップに入れた。

「ホカちゃんが言ってた通りだな。おちおち外で話も出来ねえ」

湯が注がれて、コーヒーの香りが強くなる。

「俺に言うって事は、兄ちゃんは俺を疑ってるのか？」

「関与していたとは断定出来ません。しかし本日、帆果さんが襲われかけた件については、無関係ではないと考えます」

「襲われかけた？」

途端に、近江の顔が険しくなる。彼は嚙《か》み締めた歯の間から獰猛《どうもう》な吐息を漏らして、紙コップを持った手を机に叩《たた》き付けた。

「彼奴《あいつ》ら！」

握り潰《つぶ》されそうな紙コップから逃げ出すように雫《しずく》が撥《は》ねて、近江の手に散る。

「御存知なかったのですね」

衣更月は目を伏せた。

帆果がツイートの話をした時、整備工場には衣更月と近江だけがいた。今日になって急に帆果が襲われた事を考慮すると、近江の関与は疑いようがない。

だが、衣更月の飛び込みの整備依頼を受けた彼は、実行犯にはなり得なかった。

「あの後、ホカちゃんに魔法何ちゃらのツイートを教えてもらった。今時はこんな事して遊ぶのかって休憩ん時にあちこち見てたら、あれが出てきた」

一ヵ月程度ならば、特別なツールを使わなくとも遡《さかのぼ》れる。

「神社の権禰宜《ごんねぎ》は高校の後輩なんだ。訊《き》いてみたら様子が奇妙《おか》しくて、問い質《ただ》したがしらばっくれやがる。悪ふざけもやり過ぎるなよって釘《くぎ》刺して電話を切ったが、ホカちゃんを襲おうとした？　首根っこを取っ捕まえてやれば良かった」

「『消さないと』『社会的に死ぬ』と言っていました。おそらく最初のツイートを消させて、帆果さんに口止めをすれば事なきを得ると考えたのでしょう」

実際には、消しきれないほどに複製され、拡散されてしまっている。ボタンひとつで世界に発信された情報は、今やボタンひとつではなかった事には出来ない。

「インターネット上の膨大なデータを完全消去する事は不可能です。その旨、お伝え頂けますか？」

蛇の道は蛇。限られた者によって秩序が保たれる領域がある。

近江が真摯《しんし》な眼差《まなざ》しを返す。

「俺がきっちり出頭させる。面目ない」

「ありがとうございます」

衣更月は微笑み返して、データは消さず、スマートフォンをポケットにしまった。

8

翌、日曜日も晴天に恵まれた。

衣更月の運転技術は必要最低限でしかないので、雨で視界を遮られる時に花穎を乗せるのは避けたかったのだ。

昨晩、近江から話を付けたと連絡が入り、衣更月から帆果に原因は解消されたと電話をしたのが深夜一時。安堵《あんど》が誘う眠気には勝てず、衣更月は棒倒しの棒の様に布団に倒れて、目覚ましが鳴るまで熟睡した。

夢の中では灯籠ではなく、光るクラゲが星空に浮かんでいた気がする。

シャワーを浴びて、買っておいたサンドイッチとおにぎり、客室に備え付けの緑茶のティーバッグで朝食を済ませ、歯磨きをし、髪を整え、ネクタイを締めてスーツを羽織ると、鏡の中に執事の格好をした自分が現れた。

チェックアウトをして、駐車場で車の中を簡単に掃除する。

ガソリンは近江が入れておいてくれたようだ。

コンビニエンスストアに寄り、花穎が好むメーカーの水と軽食と氷を買い足してクーラーボックスに入れる。時間があったので雑貨店と土産物店にも立ち寄れた。

エアコンの風が花穎に強く吹き付けないよう、車内温度を二十五度まで下げてから、風量を弱めて二十六度に上がるのを待つ。

懐中時計でタイミングを測り、車を出すと、前方に踏切を渡る花穎の姿が見えた。

衣更月は花穎を追い抜かないよう速度を調節して、駅舎の日陰で立ち止まった彼の前に、車を滑り込ませた。

運転席のドアを開き、身を屈《かが》めて外に出ると潮と電車の匂いがした。

「お迎えに上がりました」

衣更月は素早く花穎の状態を確認した。二重瞼《ふたえまぶた》の深さから睡眠不足が見て取れるが、顔色は良く、健康上の目立った問題点はなさそうだ。

花穎は衣更月を一瞥《いちべつ》して、困ったように眉《まゆ》を傾けた。

「執事には浴衣《ゆかた》出社とかポロシャツ勤務制度はないのか？」

また突拍子もない事を言う主人だ。

「御目に煩わしいという事であれば対策を講じますが」

「暑くないならいい」

気遣われていたようだ。

「身に余る御配慮、痛み入ります」

衣更月は礼を言ってお辞儀をし、花穎の鞄《かばん》を受け取った。後部座席のドアを開けると、ひんやりとした空気が流れ出して花穎の足元に絨毯《じゅうたん》を敷く。取り零《こぼ》している事がある。

「花穎様。発車前にこちらを」

衣更月は片膝《かたひざ》を突いて、ポケットからハンカチを取り出し、二つ折りの間を開いた。祭で花穎のスマートフォンを取り返す時に千切れてしまったガラス玉の根付だ。他の物ならばいざ知らず、鳳からの贈り物を衣更月の一存で処分する訳にはいかない。

勘付かれるだろうか。

花穎は聡《さと》い。

彼は友人と水入らずの休みを望み、使用人に休暇を与えた。衣更月が暗躍していたと気取られる事は、即ち、主人の望みに反する事になる。

花穎は虚を衝《つ》かれたように目を丸くして、衣更月の方へ腕を伸ばした。

「GPSもないのに、よく見付けたな」

「偶然、目に入りました」

「祭の人混みで失くしたと思っていたが、駅で既に落としていたのか」

シンプルな解釈をしてくれた。

ばれなかった。

花穎が、衣更月が持つ鞄の中から手探りでスマートフォンを取り出す。彼の手が衣更月の心臓の近くを掠《かす》めるので、衣更月は息を止めて心音を鎮めた。

「失礼致します」

白手袋の手を差し出すと、花穎が衣更月の意図を察してスマートフォンとガラス玉を置く。衣更月は雑貨店で見付けた、元の紐《ひも》に似た色合いのストラップの両端を、スマートフォンのバンパーとガラス玉に通した。

花穎の双眸《そうぼう》が無邪気に煌《きら》めく。

衣更月はスマートフォンを手渡して、静かにドアを閉め、運転席に戻った。シートベルトをして、ギアを走行《ドライブ》に入れ、サイドブレーキを解除する。

車を帰路に就ける。

「衣更月」

「はい」

「僕は、帰ったら働く。パーティーにも可能な限り出るぞ」

「畏《かしこ》まりました。戻り次第、リストを書斎にお持ち致します」

変更も急務も仰せのままに。雇い主の願いを叶《かな》える事は執事の行動原理であり、矜《きょう》持《じ》でもある。

「楽しい夏休みだった」

花穎は窓の外を眺めて嬉《うれ》しそうに独りごちる。

主人の休日は守られた。

衣更月の胸に充足感が込み上げる。星空へ浮かび上がる、光るクラゲの様だった。

第3話　龍宮の使用人

1

お伽話《とぎばなし》は仮想体験を可能にする。

未来は無限にあるというが、過去は一方通行の一本道だ。花穎《かえい》は花穎として、花穎の人生しか歩めない。

しかし、お伽話は何冊でも何度でも読む事が出来る。

王様、姫様、王子様。子羊、狼、アヒルの子。

色々な人生を歩み、様々な苦難に立ち向かった。だから、この状況も全くの初めてではない。小学校に入る前に予習済みである。

花穎はベッドで眠る幸せそうな寝顔を見下ろして、混乱の言語化を試みた。

「衣更月《きさらぎ》が老けた！」

他にどんな言い様があるだろう。

伏せられた睫毛《まつげ》は少なく白く、光を遮る瞼《まぶた》は薄くて硬い。目尻《めじり》には染みが肌の主みたいに居座って、満遍なく皺《しわ》の寄った顔は生後間もない赤ん坊の様だ。

枕に埋まる白髪は頂点から疎《まば》らになっている。身長は相変わらず高いが、四肢は筋肉が落ちて細い。胎児の様に横を向いた腰は歪《いびつ》に曲がって、左右の足は真っ直ぐ伸ばしているにも拘《かかわ》らず、スーツの上からでも膝《ひざ》が盛り上がっているのが分かる。

実年齢は二十三歳だが、外見だけで言えば鳳《おおとり》より遥《はる》かに年長だ。

「いや、未来から来た衣更月かもしれない」

「何でだよ」

傍観態勢からおざなりに言ったのは友人の赤目刻弥《あかめときや》である。

アイロンの利いたシャツに細身のタイ、今シーズン流行《はや》りのサマージャケットを合わせたセミフォーマルな装いで、額を出すとずっと年上に見えるが、花穎とは二つしか違わないはずだ。

十八歳の時にフランスに製菓店を開き、数年で世界のあちこちに支店を出していずれも成功させているのだから、中身を知っても正しい年齢を疑いたくなる。花穎など、不動産管理は鳳が、会社はそれぞれの社員が経営してくれるので、書斎の椅子に仔犬《こいぬ》を座らせても大差ない。

赤目は切れ長の怜悧《れいり》な目に、この世界の全てを見透かしたような気怠《けだる》い眼差《まなざ》しを湛《たた》えて嘆息した。

「普通に考えて衣更月っちじゃねえだろ。別人だ」

「でも、ここは衣更月の部屋だよ。衣更月の燕尾服《えんびふく》を着て、衣更月のベッドで寝ている別人って普通いる？」

「そんなもん……」

言い止《さ》して、赤目が室内に視線を巡らせる。

舞踏会会場《レセプション》から程近いホテルの一室だ。フロアに三部屋ある内のひとつで、それぞれに七つの個室を備えている。

寝室はメインとサブの他にセミダブルのベッドと書き物机を置いた控えの間があり、メインには真一郎《しんいちろう》が、サブには花穎が、そして控えには衣更月が入る事になった。主催の計らいで、鳳にはワンブロック階下に個室が用意されたようだ。

老翁が眠るベッド周りは片付いていて、書き物机にスマートフォンと万年筆と便箋《びんせん》が角を揃えて並んでいる。カーテンは均等なドレープを保って織り紐《ひも》のタッセルで纏《まと》められ、シーツも彼が横たわった重みで沈んでいる以外は裾《すそ》までピンと張る。その沈みも淡く陰影が付く程度で、体重の軽さが窺《うかが》えた。

「空き巣ではなさそうだな」

赤目が僅《わず》かに開いたクロゼットの隙間を指で広げると、革製のスーツケースが五つ積み重なっている。真一郎と花穎の荷物だろう。

ハンガーポールには花穎達の替えのスーツが、美しくプレスされた状態で掛けられている。鞄《かばん》がこじ開けられた形跡はなく、アイロン台とアイロン、それに空のランドリーバッグが几帳面《きちょうめん》に畳まれて隅にまとめられていた。

上部の棚には備え付けの予備の毛布がある。

「………」

「花穎？」

「主人に世話をされるのは衣更月の本意ではないだろうけど、風邪でもこじらせて外国で入院する方が大変だから」

花穎は毛布を引っ張り出して、言い訳をしながら老翁に掛けた。

亡くなった花穎の母親もそうだった。彼女が居眠りをする傍で花穎と真一郎が話していても微動だにしないのに、花穎が毛布を掛けた途端に目を覚ますのだ。

「！　起きた」

薄い上瞼《うわまぶた》が申し訳程度に押し開かれる。花穎は、瞳《ひとみ》の色で別人と判明する事を期待したが、茶の瞳は全世界で最も多く、経年による変化までは予測し切れない。

老翁がシーツに手を突いて上体を持ち上げる。

赤目が視線で花穎を促す。

花穎は及び腰を正して、恐るおそる老翁に話しかけた。

「き、衣更月？」

老翁が声に反応して花穎を振り仰いだ。

「マイ・ロード。おはようございます」

「⁉」

花穎が使用人の寝室に入っている事に眉《まゆ》を顰《ひそ》めない。自身の失態を取り繕うような素振りもない。寝ぼけているようにも、記憶が退行しているようにも見える。

何より、日本語ではない。

「何故ここで寝ていた？」

「私の部屋です」

「そうだな、うん。そうだな」

花穎は曖昧《あいまい》に返事をして、赤目の腕を摑《つか》み、部屋の隅へ移動した。

開け放された扉の外に他の人間の気配はない。控えの間の右斜向《はす》かいが花穎の使っている寝室だが、従業員が掃除をして以降は誰も入っていないらしく、掃除完了のテープが貼られたままになっている。

この部屋には確実に老翁しかいない。

「衣更月の家系《ルーツ》は日本だけではないと聞いていたけど、母国語は英語だったのかな」

「タイムスリップ説なら、烏丸家は未来で英語圏に住んでるんじゃないか？」

「冷静に言わないで、赤目さん。怖い」

辻褄《つじつま》を合わせられるといよいよ逃げ場がなくなってしまう。

「どうする？」

赤目が肩越しに控えの間を振り返る。

ホテルに対処を頼んだら、警備員は彼を不審な侵入者として扱うだろう。警察に引き渡すかもしれない。

彼の言い分も、事情も聞かずに。

老翁が衣更月なら、何とかしてやりたい。烏丸家に何年も忠義を尽くした彼を、老齢を理由に見捨てる行為は、花穎の考える当主の理想に反する。

「鳳に相談する」

「名案」

「じゃあ、部屋に電話を――」

花穎は言葉の途中で、ぎょっとして口を噤《つぐ》んだ。

いつ来たのだろう。赤目の背後に老翁が立っている。

「衣更月？」

「はい。マイ・ロード」

衣更月の燕尾服を身に纏った老翁は、名前を呼ばれる事が嬉《うれ》しいかのように微笑んだ。これほど朗らかな衣更月は見た事がないが、六十年後の彼を知らない為、判断材料にはならない。

「花穎、雰囲気ヤバくないか？」

赤目が日本語で不信感を露《あら》わにする。

下手に刺激して、逆上させない方が良さそうだ。

「衣更月。少し出かけたい。一緒に来てくれるか？」

「喜んで」

老翁がいそいそと、部屋履きを革靴に履き替える。

「鳳の部屋に連れて行く。赤目さんは」

「放っておけるか」

「赤目さん……」

「こんな面白そうな事」

「……だよね」

こういう人だった。

花穎は後ろを付いて来る老翁を気に掛けながら、赤目と共に部屋を出た。

2

舞踏会の招待を受けて、花穎がニューヨークからハンプトンへ移動して来たのは二日前になる。

気候は東京とよく似て温暖だ。この時期は暑いが、緑と海が美しい季節でもある。

イーストハンプトンには別荘地があり、舞踏会を開くには自然も人口的にも適した環境と言えるだろう。

十八歳になり、社交界に加わる女性をデビュタントと呼ぶ。

今回の舞踏会は彼女達が主役だった。

古めかしいと言う人もいるが、デビュタントは一人前の淑女《レディ》と認められた証《あかし》であり、周囲の紳士にとっては恋愛対象と考えて良い女性の意味合いを持つ。真一郎を慕う壱葉《ひとは》が焦るのは、彼女がこの先七年はそこに加われないからだ。

淑女達の華やかな宴《うたげ》の陰では人脈の確立と強化、再認識が行われる。

花穎は主にこちらが目的だったが、淑女に添えられた脇役として平和にやり過ごす計画が、脆《もろ》くも崩れ去ろうとしている。

花穎は赤目と老翁の間を歩いた。

彼らが宿泊している部屋は、フロアの最奥にあった。

一本道の廊下には五枚の扉があり、南端が花穎と真一郎の部屋になる。部屋を出てエレベーターへ歩いて行くまでに、まず左手に一枚、そこから数メートル先の右手に一枚扉がある。それぞれに花穎が泊まっているのと変わらない部屋がある筈《はず》だ。更に一メートルほど行った左手にある扉は、ドアノブこそあれ、色合いが壁紙と同化しているから作業用の設備だろう。

そこを過ぎると突き当たりにエレベーターがある。

鳳の部屋は七階だ。上って来る時には鍵《かぎ》が必要だが、エグゼクティブフロア以外への降下は制限されていない。

花穎はパネルに触れてエレベーターを呼び、待つ間に一息――吐きたかった。

「衣更月！」

花穎は振り返ってぎょっとした。

老翁が廊下に飾られた絵に手を伸ばしている。白い手袋はしているが、素手でないからといって触って良い代物ではない。

「衣更月、早く来い」

「はい」

老翁が頷《うなず》いて絵から離れる。が、今度はエレベーターホールに飾られた銅板工芸の美術品を、吐息が掛かるほど間近から凝視し始めた。

「衣更月」

花穎は置物と老翁の間に身体を割り込ませて、精一杯、優しく笑ってみせた。顳顬《こめかみ》は引き攣《つ》っていたかもしれない。

「こっちだ。下の、階に、降りる」

「はい」

エレベーターが到着してドアが開く。赤目が押さえてくれている間に、花穎は老翁を促してエレベーターに乗せた。あとは下るだけだ。

早く閉まれ、と花穎が二重ドアに念じた時、思いとは裏腹に、廊下の扉が開いた。花穎が宿泊する部屋の、左隣の客室だ。

出て来た男はエレベーターが止まっているのを見ると、部屋の扉が閉まるのを待たず、早足でこちらへ歩いて来た。

仕立ての良いスーツは下ろしたてのキャメル色で、暖色でありながら爽《さわ》やかな印象を抱かせる。小柄だが厚みのある体つきは、首の太さから筋肉の鎧《よろい》だと推測された。恐竜の足の様に一歩ずつに軸が通って足音が重い。

赤目が不機嫌な時の笑顔で開ボタンを押す。

男が中折れ帽の鍔《つば》を上げた。

「御一緒しても良いかな？」

「どうぞ」

彼が部屋を出た時に花穎は目が合ってしまっていた。断っては不自然だ。

男はエレベーターに乗り込んで、フロントと閉ボタンを押した。

二重ドアが音も立てずに閉まる。静か過ぎて、本当に下降しているのか分からない。

「どうもありがとう」

男はにこやかに礼を言ったが、老翁を見た瞬間、視線が固まった。

老翁がこれ見よがしに胸を張っている。彼は男が自分を見た事に気付くと、蝶《ちょう》ネクタイを摘《つま》んで形を整えてみせた。

正式《フォーマル》な身なりを誇示しているようにも見えるが、タイが裏返しだ。

男が老翁からさりげなく視線を外す。だが、老翁は彼が気になって仕方ないようで、目を見開いては眇《すが》め、帽子の下から覗《のぞ》き込むように彼の後頭部を凝視する。

どうやら、男の金髪が一束、帽子の縁に当たって撥《は》ねているようだ。男が花穎だったなら、衣更月は人目を避けて帽子を取り、撥ねた髪を撫《な》で付けて直すところだろう。言うまでもなく、相手が花穎でなければ無礼にも程がある。

手を出すまでに至らずとも、男が振り向いたら不審がられる事は間違いない。

花顎は小さく手を動かして制したが、老翁は見るのを止めない。それどころか前進して、より近くから見ようとする。

（こら、止まれ）

花顎の心の声が届く筈もない。

老翁が前に出る。腰が曲がって前屈《かが》みになった鼻先が、男の背中に触れそうになる。

男が気配を察知して左肩を下げる。

振り返ってしまう。

「！」

音もなくエレベーターのドアが開く。階数表示の数字は7だ。

赤目が開ボタンを押して花顎を顎《あご》で促す。

「着いたぞ」

花顎がエレベーターの外を示すと、老翁の興味は正面の壁に飾られたモザイク画に移ったらしい。

「良い一日を」

男が中折れ帽の鍔を少し上げて見送る。

「そちらも」

花顎は返事をして、老翁を引き連れ、エレベーターを降りた。

ドアが閉まり、男の笑顔が見えなくなった。

（し……心臓に悪い）

花穎は右手でシャツの胸ポケットを鷲掴《わしづか》みにした。

当の老翁はモザイク画のオーシャンブルーとペイルグリーンの筆使いに見とれて、彫像の様に動かない。

（エレベーターの中に飾っておいて欲しかった）

花穎の無理な願いである。

「衣更月。行くぞ」

老翁は声に反応してこちらを見たが、名残り惜しそうに視線を絵に戻す。その横顔は悲しそうだ。好きなものと離れたくない気持ちは誰にでもある。

「おいで」

花穎が言葉を和らげて呼ぶと、老翁は絵と花穎を交互に見て、三度目に花穎の方を選んだ。

花穎はホッとして、老翁が付いて来るのを数歩ごとに確認しながら、赤目と共に鳳の部屋を探した。

避難経路地図によると、幸いエレベーターからさほど遠くない。

長い廊下の左右に互い違いに扉が並ぶ。10の斜向《はす》かいが41という、花穎には法則性が予想出来ない並びだ。鳳の部屋は七〇二二、七階の22号室である。

「花穎、過ぎた」

「えっ」

赤目がいなかったら、花穎と老翁で一周してしまうところだった。

花穎が引き返すと老翁が付き従った。

扉は味気ない茶鼠色で、手元にドアノブとカードキーの差し込み口、目の高さに覗き穴がある。扉の左に部屋番号と白いボタンがあるが、他の部屋の扉にもそれぞれにボタンが付いているから、呼び出しベルと考えて間違いないだろう。

老翁が、ボタンをじっと見ている。

見ている。

まだ見ている。

「押したいのか？」

花穎が訊《き》くと、老翁は弓なりの背中を一瞬、垂直にした。

「頼む」

老翁はまるで名誉ある任務を申し付けられたみたいに、姿勢を正して、人差し指をぴんと伸ばした。

呼び出しベルを押す指は節くれ立って、第一関節から先が内側へ曲がっている。鳳が言うには、執事の手は銀食器磨きで、銀器の手《プレート・ハンド》と呼ばれるほどに固くなるらしい。大昔と違って皮膚を傷付ける酸化鉄《ルージュ》は使われなくなったが、指先を酷使する事には変わりないようだ。

キンコン。

部屋の中でベルが鳴るのが聞こえる。応答はない。

「衣更月。もう一度だ」

キンコン。

一分待っても、鳳は応《こた》えなかった。

「留守か」

「昨晩、西にワイナリーがあると話していたから、お父さんと行ったのかも」

執事は酒の管理職が起源だというが、その名に違《たが》わず、鳳は烏丸家のワインセラーに愛情を注いで管理してきた。大方、真一郎が連れて行きたがったのだろう。

「ロングアイランドだな。ここから一時間くらいか」

赤目がジャケットの袖《そで》を上げて腕時計を見る。

鳳の楽しみを邪魔したくない。

「手が空いたら電話をくれるようメールする。赤目さん、衣更月を見ていてくれる？」

他の部屋の呼び出しベルを押してもしたら大変だ。

「衣更月っちに見張られるのは俺だと思ってたけどなあ」

赤目が軽口で返す。

花穎は一足早くエレベーター前に戻り、スマートフォンを操作した。

日本語と英語を併用していたので、言語中枢に負荷が生じる。日本語で、平静を保った文面を送らなければならない。

「確認したい事があるので、手が空いたら連絡をくれ」

文法は合っているだろうか。奇妙《おか》しな文面になっていないだろうか。花穎は何度も読み返す内、漢字の正誤も分からなくなってきたので、諦《あきら》めて送信に踏み切った。

返事を待とう。鳳は妙案の宝庫である。

花穎は祈る気持ちでスマートフォンを握り締め、希望を持って上を向いた。

そこには驚愕《きょうがく》の光景があった。

「衣更月。何をしている」

老翁が右腕を振り回して、赤目の両手を弾《はじ》いている。威力は弱く、手袋をしているお陰で爪が皮膚を引っ掻《か》く恐れはないが、無差別攻撃は近付かれる事を頑《かたく》なに拒んで赤目を後退《あとずさ》りさせた。

花穎は二人に駆け寄った。

「タイを直そうとしたら嫌がって」

「ごめん、赤目さん」

花穎が間に入ると、老翁は両手を首元に重ねて、柱の根元に蹲《うずくま》った。

執事は、他人から見て主人との区別が一目で付くように、わざと流行遅れの服を着たり、色の合わないネクタイを身に着けたり、間違った着こなしをしたりする。

だが、衣更月の燕尾服《えんびふく》はそれ自体が一昨年に作られた型なので、蝶《ちょう》ネクタイに細工をする必要はない。

だから、赤目の行動は老翁の利を損ねない。

取り上げられると思ったのだろうか。正装は執事の制服だ。

花穎は一メートル手前で留《とど》まり、老翁に語りかけた。

「心配しなくていい。誰も、お前から執事の職を取ったりしない」

老翁が顔を上げて花穎を見る。

「はい。マイ・ロード」

彼は落ち着いた声音で返事をすると、視界に入った青いモザイク画に目を奪われて、吸い寄せられるように立ち上がり、絵の前から動かなくなった。

「ごめんね、赤目さん。怪我はない？」

「刻弥でいいよ」

赤目がはぐらかして笑みを伏せる。

「それより、どうするんだ？」

「とりあえず鳳の返事に期待かな。今の状態だと衣更月のパスポートが無効になって、日本にも帰れない恐れがある」

最新の顔認証システムは変装も見抜く優秀さだが、果たして六十年の隔たりは同一人物と見做《みな》すだろうか。体格の変化や化粧では、目鼻立ちの位置に変化がないので高精度で判別が付くと聞いた事がある。

花穎が微《かす》かな望みを見出《みいだ》そうとしていると、混ぜ返すように、赤目が根本的な問題に切り込んできた。

「本当に衣更月っちなのか？」

花穎はその点については決着したと思っていたので、血液が逆流したような気持ち悪さを覚えた。

「部屋に入れるのは僕かお父さんか衣更月だけだ」

「いるだろ。他にも入れる奴」

赤目が廊下の角に視線を遣《や》る。

花穎は隠れ鬼が数字を数えるように柱に身を寄せて、左目だけを外に出し、客室が並ぶ廊下を窺《うかが》った。

廊下の半分を塞《ふさ》いでいるのはリネンのカートだ。掃除を終えた従業員がチップをポケットに入れて次の部屋へ移動する。

彼は掃除道具と替えのシーツを抱え、マスターキーで客室の扉を開けた。

花穎は身体を反転させて、壁に背中を付けた。

「清掃係って事？」

「もしくは、あのカートに潜り込めばエグゼクティブフロアに上がれる。清掃係の後ろからこっそり入ってしまえば、隠れる所はいくらでもあるだろ」

「でも、それじゃあ、どうして衣更月の服を着て、僕を主人《ロード》と呼ぶのだろう」

「こっちの勘違いに便乗して、逃げる機会を図ってるのかもしれない」

赤目が日本語で、更に声音を低くする。

では、老翁は衣更月の名を騙《かた》る侵入者なのか。花穎には、とても老翁が腹の底に悪意を潜ませているようには見えない。

赤目が花穎の肩に手を乗せて、注意深く耳元で囁《ささや》く。

「逆手に取って、オレ達が騙《だま》されてると思い込ませておくんだ。確証が取れたら、心置きなく警察に突き出せるだろう？」

花穎の為の、正しい言葉だ。

「清掃係の人に話を聞く」

花穎は半ば自身に命じる心持ちで言って、エレベーターの下降ボタンを押した。

老翁を呼ぶと、彼は後ろ髪を引かれるようにモザイク画をしっかりと見納めしてから、花穎達に続いてエレベーターに駆け込んだ。

3

中階のバーはガラス一枚を隔てて、テラスのプールに面している。水着での入店は禁止されており、注文に応じてバーからプールサイドへドリンクを運ぶようだ。

花穎達が通されたのはバーの真上に当たる一室である。会議や商談に使われるのだろうか。アラビア風の模様が織り込まれたウィルトンカーペットが、花穎の目には光が点滅しているように映る。窓は大きく開放的だが、陽光を遮断する為、室内は早朝の様に薄暗かった。

花穎と赤目は三人掛けのソファに座り、老翁は窓辺に立って下を見ている。この部屋に入った時から、飽きる事なくずっとそうだ。

プールではしゃぐ子供の笑い声が愛らしい。稚《いとけな》い彼らと正反対の表情を描くとしたら、おそらく彼女の様になるのだろう。

「お待たせ致しました。何なりとお尋ね下さい」

年配の従業員に伴われて、清掃係の彼女は真っ青になって目を泳がせている。今にも泡を吹いて倒れそうだ。

「私はお掃除しかしていません」

彼女が年配の従業員に訴えかけるが、彼は前を向けと指示を返した。

部屋を掃除した人に話を聞きたいと言われたら、従業員が盗難の嫌疑を恐れるのは当然だ。訊《き》く前に想像出来なかった花瓶の落ち度である。

「僕の説明が足りませんでした。紛失も破損もしていません。部屋は綺麗《きれい》で過ごしやすい。とても満足しています」

「それをお伝え頂く為にわざわざお呼び出しを？」

年配の従業員が怪訝《けげん》がる眼差《まなざ》しを花瓶に向ける。

「訊きたい事があります。奇怪に思われるかもしれませんが、僕にとっては非常に重要な問題なので、正確に答えてもらいたいのです」

「？　お答えしなさい」

「私に分かる事であれば」

二人は首を傾げながら、花穎達の向かいのソファに腰を下ろした。

「エグゼクティブフロアの掃除へ向かう時、掃除用具とシーツを積んだカートは何階から出発しますか？」

「防犯上の理由で、上階《アッパー》エリアのリネンは各階に備えています。皆様のお部屋の鍵《かぎ》だけを持って階へ上がり、倉庫から掃除用具を出してお部屋に伺う決まりです」

「そうですか」

いきなり当てが外れてしまった。

エグゼクティブフロアは該当階の鍵がなければエレベーターが止まらない。カートにでも潜り込まない限り、宿泊客以外が立ち入る事は不可能だった。

赤目が膝《ひざ》の上で手を組み直す。

「掃除に入った時、あの人と会った？」

掃除係の彼女はグラスチェーンで首から下げた眼鏡を掛けて、窓辺の老翁をじっくりと見た。

「お掃除に伺った時にはお部屋にいらっしゃいませんでした」

「何時頃か覚えていますか？」

花穎の問いに、彼女は即座に答えた。

「十一時半です」

「それじゃあ、彼には会っていない？」

「いいえ、会いました」

「！　あの歳で？」

「歳？」

「いや、失礼」

花穎は思わず乗り出してしまった身体をソファに引き戻した。

赤目が友好的な笑顔で間を取り持つ。

「その時の事を詳しく教えて下さい」

「控えの寝室、メインの寝室、サブの寝室のシーツを取り替えて、リビングの掃除をしている時に、ドアを開閉する音が聞こえました」

花穎が帰った時には掃除は完了していたから、老翁が立てた音に相違ない。

「お客様がお帰りになって、いずれかの部屋に入られたのだろうと思いました。掃除用具のカートをサブの寝室に置いたままだったので、お邪魔していたら怒られ——申し訳ないと思って」

年配の従業員に一睨《にら》みされて、彼女が言い方を換える。

「帰り際に全てのお部屋の不要物を回収して、控えの寝室に伺った時にはベッドでお休みでした」

「不自然に感じる点はありませんでしたか？」

例えば、寝ている間に衣更月が急速に歳を取ったのなら、彼女が見た時はまだミルクティー色の髪をして、武道で鍛えた筋肉を備えた体格だった筈《はず》だ。

彼女は窓に張り付く老翁をしげしげと見つめた。

「特には。掃除中にお客様がお帰りになる事も珍しくはないので。枕の上に置いて頂いたチップとお洗濯物以外は何も持ち出しておりません」

彼女の真剣な眼差しは、花穎や赤目より、年配の従業員に直接的に訴えかけている。

無論、彼女が疑われ、職を失うなどあってはならない事だ。

「ありがとうございます。彼の足取りを詳細に知る必要があったので、とても参考になりました。また次の機会にもこちらのホテルを使いたいです」

花穎が先方に不利益が生じない事を暗に示すと、二人は深く追及してはこなかった。

「衣更月」

花穎が窓辺へ迎えに行くと、老翁はあの絵を見た時の様に空を眺めて動かない。

「行くよ。おいで」

「はい、マイ・ロード」

返事をしても、まだ心は空に釘付《くぎづ》けのようだ。青が好きなのだろうか。

「ビーチの件ではなくて安堵《あんど》しました。君は仕事に戻りなさい」

「はい。失礼します」

清掃係の彼女が先んじて退室する。

「ビーチって？」

赤目が聞き返すと、年配の従業員は日本人でもなかなか見られないくらい丁寧に合掌した。

「本日早朝にランニング中の高校生が暴力を振るわれたのです。腕を骨折し、額と顎《あご》を数針縫う大怪我で、犯人は逃走中だそうです」

「物騒だな」

赤目が素っ気なく答えたのはわざとだろう。従業員は自分の気を揉《も》ませる問題と問題を直結させたに過ぎないのだろうが、花額と赤目にとっては暴行事件との関わりを疑われたも同然だ。本人は失言に気付いていない。

「泳がれる際はホテルのプールをお勧めします」

年配の従業員が外を見遣《みや》る。

花額は窓から下を望んだ。テラスには、プールサイドに濃緑のパラソルが並ぶ以外、屋根はない。空がよく見えそうだ。

「プール、あの下の所、行くか？」

花穎が誘うと、老翁の頬が桃みたいに紅潮した。

4

「衣更月っち……楽しそうだな」

「ね……」

赤目と花穎はプールサイドのデッキチェアに座り、テラスの端から外を見る老翁を遠目に眺めた。彼は青い空を見上げて、鳥が空を横切ると乾いた唇を綻《ほころ》ばせる。

今の彼は、車道もふらりと渡りそうな危うさがある。テラスのプールならばホテルの外へ出てしまう心配はない。

「あんな顔して笑うんだなあ」

花穎は膝を抱えて、ソーダのストローを銜《くわ》えた。花穎は衣更月の笑顔らしい笑顔を見た記憶がない。

赤目がサングリアのグラスを傾けた。

「あの衣更月っちは亀を助けたのか？」

年配の従業員の話を聞いて、赤目も花穎と同じ連想をしていたらしい。衣更月が暴漢から高校生を助けて龍宮城《りゅうぐう》へ行き、帰って来た結果の老化だとしたら筋は通る。

勿論《もちろん》、本気ではない。

「玉手箱を開いたらどうなるか、子供でも知っているのに」

「あ、蹌踉《よろ》けた」

老翁が何もない所でバランスを崩して手摺《てす》りに摑《つか》まる。

「ずっと日なたにいるから」

花穎は注意しようと足を下ろして、隣のパラソルの下に意識を取られた。

鳶色《とびいろ》の髪を頭の高い位置でひとつに結い、毛先が緩やかに波打って肩に流れる。緑色のグラデーションで染めたワンピースにレースのパーカーを羽織って、翡翠《ひすい》色の瞳《ひとみ》が挑発的に花穎を見据えた。

「こんにちは」

目が合っては素通りする訳にもいかず、花穎は声を掛けた。

「お隣の部屋の方ですよね」

「そうでした？」

確か、名をセシル・パテールと聞いた。

花穎が覚えていたのは、昨夜のパーティーでデビュタントの中に彼女がいたからだ。

主役の彼女達は煌《きら》びやかで何処にいても目に入る。反対に、彼女が花穎を見かけていなくとも不思議はない。

「昨晩、お父様と御挨拶《あいさつ》させて頂いて、部屋が近くて奇遇だとお話ししたのです」

「それならそうなんじゃないですか」

セシルはすげなく答えると、髪を下ろして鍔《つば》の広い帽子をかぶる。

彼の父親はエレベーターで会った紳士とは別人だった。彼女達の部屋は三部屋の内、最もエレベーターに近い部屋だろう。

何か見ているかもしれない。

「付かぬ事をお伺いしますが、彼処《あそこ》にいる彼」

花穎は老翁を指差した。

「いるわね」

「何処かで会った覚えはありませんか？」

「……何？　それで、楽しい会話を演出したつもり？」

セシルの眼差《まなざ》しに嫌悪感が滲《にじ》む。

彼女と話したい余り、花穎が無理に話題を捻出《ねんしゅつ》したと思われたなら、不快に思われても無理はない。

「えっと、すみません」

花穎の謝罪は彼女の不機嫌に油を注ぐだけだった。

「知らないわ、あんな老人」

セシルは忌々しげに吐き捨てて、別のデッキチェアへ移動した。

エグゼクティブフロアで老翁を見たのは、清掃係の彼女だけのようだ。空白の時間の足取りに繫《つな》がらない。

「振られ花穎」

「揶揄《からか》わないでよ、赤目さん」

「刻弥でいいって」

明らかに面白がっている笑みで言われても、茶化しているとしか受け取れまい。

花穎は口を尖《とが》らせた。が、拗《す》ねた気持ちはすぐに喜びに上書きされた。

スマートフォンが着信を知らせている。

鳳だ。

「もしもし」

花穎が縋《すが》り付くように両手でスマートフォンを取ると、鳳の声が朗らかに微笑んだ。

「花穎様。御連絡が遅くなり、申し訳ありません」

「いいんだ。今のところまだ大事はない」

「まだ、と仰《おつしや》いますと？」

鳳の声が微《かす》かに温度を下げる。

いざ話そうとすると鼓動が速くなり、頭からは血の気が引いて眩暈《めまい》がする。花穎は密《ひそ》やかに深呼吸をした。

「鳳、落ち着いて聞いてくれ。衣更月が歳を取った」

「……誕生日はまだ先であったように記憶しておりますが、身体的衰えが花穎様に御心痛をお掛けしたでしょうか？」

実際に見ていないのだ。常識的な解釈に努める鳳の気持ちは解る。

「そうではない。赤目さんとレストランで会って、街へアイスを食べに行こうという話になった。僕は上着を取りに部屋に帰ったのだが、衣更月に声を掛けても返事がなくて、部屋に入ったら鳳より年配の男がベッドで眠っていた」

「彼は今どちらに？」

「ここに――」

花穎はテラスの端にいる老翁を見た。

彼はいた。一人ではなかった。

「見付けましたよ」

そう言って、黒髪の男が老翁の腕を掴む。二十代半ばだろうか。肉体のピークを迎えた豪腕の前では、老翁の腕は枯れ木に等しい。

「弁償してもらいます。来なさい」

男が老翁を引きずってテラスから連れ去ろうとする。

何が起きたのだ。

「鳳、掛け直す」

花穎はスマートフォンをポケットに押し込んで、二人の下に駆け寄った。

「失礼。うちの者が何かしましたか？」

花穎は正式な英語を用いていて、親愛なる先達に対するように穏やかに問いかけた。しかし、そんな小手先の配慮では彼の怒りを鎮められない事も明白だった。

黒髪の男は長さを揃えた眉《まゆ》を顰《ひそ》めて、横柄に花穎を見下ろした。

「孫ですか？」

「彼はうちの執事です」

「執事」

声を発した口元が愉悦に歪《ゆが》む。傍にいた男女が嗾《けしか》けるように嗤笑《ししょう》を転がす。

黒髪の男は老翁から手を離して、大仰に肩を竦《すく》めてみせた。

「今朝、彼は廊下でぼくにぶつかって来たんです。ぼくの荷物が床に散らばって、拾えと言ったらどうしたと思います？」

「拾ったと思います」

「そうです、拾いました。汚れた服も洗い立ての服も全部一緒に。お陰で着るものがなくなってこの有り様です」

男が襟を正してみせた格好は、ピンクと黄色と緑のストライプ柄のカットソーに青緑色のクロップドパンツという如何《いか》にも急拵《きゆうごしら》えの出で立《い》ちで、花穎の眼には配色からも圧迫感がある。

「汚れた服と綺麗《きれい》な服を一緒に？」

花穎は信じ難い思いで聞き返した。

そんな杜撰《ずさん》な仕事をする衣更月ではない。そう思う反面、年老いて、衰えを隠せない姿を目の当たりにもしている。

衣更月が誇りとしていた職務を全う出来なくなっている実態に、憐《あわ》れみでもない、悔しさでもない、感じた事のない感情が渦巻いて、花穎の肺を押し潰《つぶ》そうとした。

「彼の服を汚したのか？」

花穎は私情を排して、純然たる事実を把握しようとした。

老翁は不安そうに白い眉を傾けて、花穎の顔色を窺《うかが》っている。

「申し訳ありません、マイ・ロード」

衣更月は常に完璧《かんぺき》だった。

花穎が当主の座に就いた時には、彼は既に鳳から執事の知識と技術を受け継いで、悠然と屋敷の一切を取り仕切っていた。

『子守りがしたくて、死に物狂いで勉強してきた訳じゃない』

衣更月が花穎に不満を抱いていると知った時、どれほど悔しかったか。

腹を立てて、衣更月の隙のない仕事ぶりに嫉妬《しっと》した。当主である花穎と執事としての衣更月、どちらが名に恥じぬ在り方をしているか、比ぶべくもなかったからだ。

(当主の名に相応《ふさわ》しい当主になりたい)

比類なき当主だと、鳳に誇らしげにされたい。真一郎をあっと驚かせたい。

衣更月をも認めさせるような理想の当主になる事を、花穎は心の底から誓って、衣更月の有能さに張り合って負けじと忠勤に励んできたつもりだ。

「申し訳ありません、マイ・ロード」

老翁が悲しそうに俯《うつむ》いて、謝罪を繰り返す。謝る姿は悲痛なほどに真摯《しんし》だが、意思の疎通が出来ているかというと、何処か手応《てごた》えがない。

怒られた理由が分からず、怒りそのものに対して詫《わ》びている。

「自分がした事の意味が分からないのか?」

花穎が感情を抑え過ぎて無機質な発音で確認すると、老翁は拠《よ》り所なく怯《おび》えるように身を竦めた。

「申し訳ありません、マイ・ロード」

花穎は顔面を固く強張《こわば》らせて、空の両手を握り締めた。

生物には例外なく老いが訪れる。

筋肉が衰えて思考と理解が鈍くなり、順応力は柔軟さを欠く。新しい知識を覚えられなくなる。覚えていた記憶が引き出せなくなる。

完璧だった衣更月の老いを突き付けられる事は、花穎にとってはショックだった。

どんな言葉で取り繕っても、心にさざ波も立てず受け入れる事は出来ない。

同時に、能力が追い付かず理想通りに振る舞えない悔しさは花穎自身、嫌というほど味わっていた。

以前は自身に備わっていたなら尚更《なおさら》、もどかしさは想像に余りある。

「執事って家の交友関係にも口出しするのでしょう？」

「まあ、素敵」

黒髪の男が丁寧な口調に感情を煽《あお》る響きを含ませて笑う。友人らしき彼女達が上辺だけの賛辞で囃《はや》し立てる。

「どちらのお家と言いましたか。服と同じで、家名の清濁にもだらしないのかな？」

「！」

花穎は反射的に拳《こぶし》を握り、黒髪の男を睨《ね》め付けた。

彼らは知らない。

衣更月の烏丸家への献身を。

時に花顔を叱ってまで、烏丸家の名を守ろうとしていた過去を。

衣更月が執事の職に捧《ささ》げてきた歳月を踏み躙《にじ》られて、黙って笑い返せるほど花顔は大人ではない。

「御主人様に選手交代？」

黒髪の男が短く口笛を吹く。

お望み通り、受けて立とうではないか。

花顔は老翁を下がらせて、右足を前に踏み出した。その時だった。

「色が見えないんじゃないか？」

赤目が部外者みたいな顔で言って、サングリアに口を付けた。

「……色？」

花顔は虚を衝《つ》かれて、随分と間の抜けた顔をしてしまった。赤目が氷の上に浮かべたオレンジの皮を指先で弾《はじ》く。

「年取って、鮮やかに見える色と見辛《みづら》くなった色があるって祖母《ばあ》ちゃんが言ってた。青いものばかり喜んで見てただろ」

廊下のモザイク画。

高い空。

花顔は自分が色彩感知に敏感で色に苦しめられた経験しかないから、言われるまで、色が見分けられない可能性を思い付きもしなかった。

老翁の行動にも正当な理由がある。

花穎も、正しい方法で守らなければならない。

男の売り言葉を買えば、衣更月が服の汚れも家名の清濁も厭《いと》わぬ執事だという、馬鹿げた世迷言《よまいごと》を認める事になってしまう。

そうして失墜した烏丸家の名に、最も苦しむのは衣更月だ。

花穎は拳を解いて、深呼吸を一往復、それからしっかりと前方を見据えた。

狭まった視界が開けて、プールの水と空の青が見えた。

「うちの執事が御迷惑をおかけしました。クリーニングに要した費用は『カラスマ』に回すようホテル側へ話しておきます」

「洗って落ちるような生易しい汚れではないんですが」

「では、洋服代を届けさせます。部屋番号を頂けますか？」

黒髪の男の笑顔が不快げに軋《きし》む。彼は近くのテーブルに油性ペンを見付けると、花穎の腕を摑《つか》み、手首の内側に四桁《けた》の数字を書き殴った。

ペン先を強く押し付けられて、花穎は堪《こら》え切れなかった痛みを奥歯で嚙《か》み殺した。

黒髪の男がペンをプールに放り投げる。

「二十年前にクビにしておけば良かったのに。情と惰性は高く付きますね」

「御親切に」

花穎は感情の手綱を限界まで引き絞ってどうにか微笑むと、出て行く彼らを見送らずに背を向けた。久方ぶりに空気が肺まで通る感覚がした。

「赤目さん、ありがとう」

「これ、夜までに落ちるか？」

赤目が花穎の腕を取って、手首に書かれた数字に苦笑いする。

「申し訳ありません。申し訳ありません」

謝罪を繰り返す老翁の、狼狽《ろうばい》して泳ぐ双眸《そうぼう》を、花穎は真正面から捉《とら》えて一点に留《とど》めさせた。

老翁が殆《ほとん》どまつ毛のなくなった瞼《まぶた》を上げて、花穎を見つめる。

「心配しなくて良い。お前も、鳳も、雪倉《ゆきくら》も峻《しゅん》も、桐山《きりやま》も、駒地《こまじ》も、ペロも、僕が一生、面倒を見るつもりだ」

花穎は幼い頃から何度も、世界から色が消えてしまえばいいと願った。

そうすれば、皆と同じように街を歩いて、眩暈《めまい》に襲われる事も倒れる事もなく、両親や鳳の手を煩わせずに済んで、クラスメイトにも疎まれなかっただろう。

だが、生まれて初めて、花穎は色が欲しいと思った。

花穎の瞳《ひとみ》が青ければ良かった。

老翁が外れてしまいそうになる視線を必死で留めているのが分かる。花穎は笑みを伏せて、自分の方から老翁の拘束を解いた。

「皆には内緒だぞ。要らぬ世話になりそうな時は、そっと離れて知らない顔をするつもりなんだ。皆、義理堅いからな。僕に気兼ねしてもらっては困る」

「？　はい」

不可解そうな顔で返事をしたり、とりあえず謝ってみたり、狡猾《こうかつ》になったものだ。

「衣更月」

「はい。ここにおります」

「――え」

背後から透る声がして、花穎は一回転する勢いで振り返った。

遠巻きにこちらを窺《うかが》っていた人々が散る。その流れに逆流するように、バーの出入り口からスーツの男が歩いて来るのが見えた。

真夏の炎天下で汗ひとつかかず、涼しげな目元は世界の裏側まで捉えられるかのようだ。歩く動作には無駄がなく、指の先まで自然さと優雅さを兼ね備えている。

ミルクティー色の髪が風に揺れて、感情を一切表さない右目にプールの煌《きら》めく陽光が反射した。

「お呼びでしょうか、花穎様」

「衣更月が二人！？」

花穎は歩いて来た方の衣更月の肩口に両腕を突いて、彼を押し戻した。

「ドッペルゲンガーに会ったら死ぬんだぞ。生命を粗末にするな」

花穎は真剣に話しているにも拘《かかわ》らず、衣更月は今ひとつ要領を得ない様子で、赤目に至ってはサングリアが溢《あふ》れるほど大笑いをしている。花穎はますます混乱した。

「花穎様」

衣更月の声はいつでも無感動で、花穎を現実的思考に立ち帰らせる。

「経緯を存じ上げず、推察の域から物申し上げる非礼をお許し頂きたく存じます」

「許す。何だ？」

「花穎様は私と彼を同一人物と見做《みな》し、限定された空間に倍の質量を存在させる事で両者が消滅するとお考えになったと解釈して宜《よろ》しいでしょうか」

「理屈は知らない。過去でも未来でも自分に会ったら死ぬ。古今東西共通認識だ」

「花穎様の生命を尊ぶお心遣い、恐悦至極に存じます。しかしながら、私、彼の正確な素性を存じ上げております」

衣更月が『彼』と呼んだのは言うまでもなく赤目ではない。

腹を抱えて笑う赤目の隣で、老翁が所在なく佇《たたず》み、空を見上げている。

「衣更月ではない？」

「はい」

「知り合いなのか？」

「面識はありません。花穎様が正式な会に出席される際には、招待主様に招待客様方、各家の使用人と臨時《テンプス》の手に目を通させて頂いております」

衣更月の恐ろしいところだ。驚異的な仕事量を平然と、さも当たり前の事の様にこなす。しかも睡眠時間に休息まで規定に違《たが》わず確保していると言うのだから、花穎の対抗心は事あるごとに薪を焼《く》べられて、再燃せざるを得ない。

「衣更月っちは働き者だなあ」

「恐れ入ります」

赤目に礼を述べて、衣更月は右手の平を老翁の方へと差し伸べ、二人に紹介する態《てい》を取った。

「彼の名はダン・ジェームズ・アギラー」

老翁が空から地上へ意識を戻す。

「パテール家の前執事です」

「セシル……」

花穎のひどく散らかった頭の中で、彼女の記憶に光が当たる。

セシル・パテール。

彼女を中心に据えた途端、瓦礫《がれき》の山に似た情報が、既に定位置に着いていた事に気付かされる。連結した情報に光が伝わって、より明確に、歪《ゆが》みのない真円を描く。

「だから、衣更月の部屋にいた」

プールを挟んだ反対側のデッキチェアで、セシルが顔を背けた。

5

パテール夫妻がソファに座り、二人の間でセシルが涙を堪《こら》えている。

貫禄《かんろく》のある父親と、姉妹の様に若々しい母親、大人になり切れていない少女は、ヴィクトリア調の内装と相まって、動く絵画の様だ。

母親に肩を抱かれて俯《うつむ》くセシルは、向かいに座る花穎の靴を睨《にら》んでいるかのようで、花穎は動くに動けず左右の手を組み替えた。

「ダンが――」

セシルは口を開き、零《こぼ》れそうになる涙が収まるまで無言を貫いて言い直す。

「ダンが私を忘れたから」

彼女が声を詰まらせる。両親はしかし、説明を代わる事はせず、母親がセシルの肩を支え、父親が右手の甲に手を重ねて励ました。

セシルが窓辺に行儀よく座る老翁――ダンを忍び見た。

「ダンの健忘症は私が十歳の時に始まりました。部分健忘で、発症以前の事が部分的に思い出せないんです。私の事も」

ダンはうつらうつらと船を漕《こ》いでいる。

「執事の職はその前から退いていて、私達は時々、ダンに会いに行っていました。彼は時間を掛けて少しずつ忘れていったようで、周りの皆が気付くまでは衰えを誤魔化していたそうです」

「僕をマイ・ロードと呼んだように、ですね」

「ええ。私の事はマイ・レディと」

人から呼ばれる分には、どのような呼称であれど返事をしておけば事なきを得る。しかし、相手を呼ぶにはそうはいかない。

マイ・ロードという呼び方は貴族の間で使われる尊称で、爵位持ち、またはその子息に使われる。公爵はユア・グレース、准男爵と子爵以下の子息はサーと呼ばれる事も併せて考慮すると、主人格に見える男性に対して礼を欠かない確率が最も高い呼び名がマイ・ロードとなる訳だ。

仮令《たとえ》、相手が貴族でなくとも、彼ほどの年齢になれば、古式ゆかしい呼び名を用いたユーモアと受け取られるだろう。老獪《ろうかい》の為せる技である。

ダンはそうやって、順応力の低下を経験で補ってやり過ごした。

「でも、昨日のパーティーで、ダンと一緒にいるところを友達に見付かって」

セシルの瞳《ひとみ》が後悔の色を刻む。花穎は引きずり込まれ、胸に穴が空く錯覚がした。

「皆が嗤《わら》いました。主人の名前も分からない。ワインも溢《こぼ》さずに運べない。ベルヴェデールの方が有能だって囃《はや》し立てたんです」

「ベルヴェデール？」

「個人の方が製作した執事ロボットです。全自動掃除機を利用して、物を運ぶなどの機能を備えています」

衣更月がソファの背《せ》凭《もた》れ越しに身を屈《かが》めて花穎に耳打ちする。

花穎は言葉が出なくなった。

「昨夜は散々でした。一晩寝たら収まるかと思ったけど、廊下に出て来た寝起きのダンを見たら、急に悔しさが込み上げてどうにも出来なくなって、彼を部屋から追い出したんです」

セシルは罪悪感に押し潰《つぶ》されるように、母親の腕の中に逃げ込んだ。母親は自分の肩に頭を押し付けて啜《すす》り泣くセシルを労《いた》わるように撫《な》で、父親は物憂げに頭を振る。

「しかし、疑問があります。何故、ダンはそちらの部屋で眠っていたのですか？　それも、他人の燕尾服《えんびふく》を着て」

父親の問いは、花穎がダンを老齢の衣更月だと思い込んだ根拠でもあった。

「彼は前後を繋《つな》げて考えるのが得意ではなくなっている。けれど、言われた事を完全に理解出来ない訳ではない。という前提で齟齬《そご》はありませんか？」

「はい。ですから、このホテルでの自分の部屋も理解していた筈《はず》です」

「僕もそう思います。但し、理解する方法が僕達の考える形と異なっていたのではないでしょうか」

花穎は人差し指で宙にZの一字を書いてみせた。

父親の両目が虎の様に険しく瞠《みは》られる。母親が首を傾げると、セシルも身動《みじろ》ぎして花穎を見た。

「扉の位置です」

「作法に悖《もと》るお話になる事を御容赦下さい。こちらのお部屋は僕が宿泊している部屋とよく似た間取りをしています。特に、廊下に対して三つの寝室の位置、突き当たりに玄関がある点については同一と言えるでしょう」

「成程？」

「更に、この位置関係は部屋に入る前、共有の廊下でも確認出来るのです」

花穎が話の対象を部屋の外に広げると、三人は誰からともなく上半身を伸ばして、僅《わず》かに高くなった視点から部屋を見回した。

「まず最初に、部屋から出て行くよう命じられた彼が、寸断された記憶により、共有の廊下をこの部屋の廊下と誤認したと考えます。追い出された部屋をサブの寝室、エレベーターのドアを玄関の扉と置き換えると、寝室から書き始めてZの終わりに当たる場所が控えの寝室、共有の廊下では倉庫――リネン室に該当します」

「リネン室なんてあった？」

「覚えがないが」

両親が訝《いぶか》しげに言葉を交わす。

「リネン室の扉は壁紙と同系色にされているので、ドアノブが目に入らなければ扉と気付かない人も多いでしょう。況《ま》して、寝室の扉とは色が異なります」

「色……あっ」

セシルは逸早《いちはや》く、花穎の話の意図に思い至ったようだ。

「彼は色の認識が曖昧《あいまい》になっていました。サブの寝室からZの位置にある扉が自分の部屋、という情報のみで、リネン室に入り、シーツを積んだカートの中で眠ってしまったと考えられます」

ダンがカートを寝床に選んだ理由は推測の域を出ない。結果からの逆算だ。

「十一時半になり、清掃係がリネン室からカートを押して僕の部屋に入りました。彼女はカートをサブの寝室に置いたと証言しています。そして、リビングの掃除をしている時に扉の音を聞いて『誰かが帰って来て、何処かの部屋に入った』と思ったそうです。この事から、彼女は二回、扉が開閉する音を聞いている事になります」

「ダンがサブの寝室から出て、控えの寝室に入った音だ！」

父親が閃《ひらめ》きと共に手を叩《たた》いた。

ダンは目を覚ましたら、自分の部屋ではなくサブの部屋にいたのだからさぞ驚いただろう。誰かに見付かる前にと急いで移動したに違いない。

「彼は控えの寝室に入って――彼の感覚では自室に戻って、燕尾服に着替えました」

「着ていたパジャマはお部屋になかったのですか？」

「おそらく、ランドリー袋に入れたのだと思います。僕が部屋に帰った時、袋は空で、清掃係は扉の開閉音を聞いた後に不要物と洗濯ものを回収したと話していました」

セシル達に話すほどではないが、ダンは着替えた時に、ある問題に直面したと考えられる。

色が見えない。加えて、服の流行が分からなかった事だ。

ダンは苦肉の策で蝶《ちょう》ネクタイを裏返しに着けた。エレベーターで乗り合わせた宿泊客にタイを強調してみせたのは、ダンに挨拶《あいさつ》をしようとした彼に、自分は使用人だと理解させる為だろう。

「控えの寝室に彼がいたものですから、その、お恥ずかしい話ですが、僕は魔法か科学の力で当家の執事が時間を早送りしてしまったのだと勘違いして、連れ回してしまいました。申し訳ありません」

羞恥心《しゅうちしん》で花穎の耳が熱くなる。全速で走って消え去りたいが、恥ずかし過ぎて膝《ひざ》に力が入らない。

「ふふ、独創的な方」

「ダンが一人で歩き回る事にならなくて助かりました。感謝します」

社交辞令と分かってはいても、今の花穎にはセシルの両親の優しさが心にしみる。

「セシルからもきちんと礼を言いなさい」

「ありがとう、ございます」

渋々でも、不満が感じ取れても、花穎は一向に構わないのだが、セシルの態度は両親の教育方針にそぐわなかったらしい。

父親は花穎に一言詫《わ》びてから、腰を据えてセシルを睨《にら》んだ。

「私は『きちんと』と言ったんだ」

「お礼は言ったでしょう」

「烏丸さんがいなかったらどうなっていたか想像してみなさい。お前が無理を言ってダンを連れて来たのに、八つ当たりで外に放り出すなんて。使用人は道具じゃない。

権利と人格を持った人間で、家族だ」

「だから来て欲しかったの！」

セシルは床を踏み付けて立ち上がると、父親に負けない気迫で睨み返してから、部屋の隅まで歩を延ばして猫足のサイドボードに手を突いた。

天板に置かれた小物が跳ねて音を立てた。

「家族だから、一人前になったところを見て欲しかったのに……」

彼女が項垂《うなだ》れる。両親が押し黙る。

ダンは大きな音に驚いて目を覚ましたが、怯《おび》えるように首を竦《すく》めると、窓の外へ視線を逃した。

セシルの思いが伝わらない。ダンはもう彼女の名を呼ばない。

呼吸が苦しい。

空の青が目に痛い。

「衣更月」

花穎は手の平を上へ向けた。

衣更月がガラス玉のストラップを下げたスマートフォンを手渡す。花穎はロックを解除して、受信ボックスから最新のメールを表示した。

差出人は鳳。

セシルの身支度を待つ間に無事を知らせ、一部始終を話した後で送られて来た。

花穎は彼女の下へ移動して、画面を差し出した。

「家令から聞きました。魔法の言葉です」

前後は日本語だが、その一行だけは英語で書かれている。

「これが？」

「騙《だま》されたと思って——いいえ、僕と一緒に騙されて頂けますか？」

花穎が頼むと、セシルは難色を示したが、彼女の両親から後方支援があったのだろう。セシルは天を仰ぎ、溜息《ためいき》を吐いて、歩き出した。

彼女の行く先、窓辺にはダンがぼんやりと空を眺めている。

セシルは窓から差す陽光の手前で立ち止まり、逡巡《しゅんじゅん》を越えて唇を開いた。

『執事《バトラー》。助けて』

静かで、緩やかな変化だった。

ダンがセシルを見る。

彼は椅子から立ち、背筋を美しいSの字に伸ばして、丁寧にお辞儀をした。

「セシル様。御用を伺います」

「……っ」

セシルが息を呑《の》む。

母親が両手で口元を覆い、父親が身体を短く震わせる。

セシルは猫足のサイドボードに腕を伸ばし、サテンとレースを重ねたリボンを手に取った。

「髪にリボンを結んで欲しいの」

「畏《かしこ》まりました」

ダンが両手でリボンを受け取る。

セシルはダンが座っていた椅子に腰を下ろした。ダンはブラシで彼女の髪を梳《す》き、数分前までとは別人の様にしっかりとした手付きでリボンを結ぶ。

セシルは立ち上がり、ダンの両腕を取って椅子に座らせると、彼の前でスカートの裾《すそ》を翻し、くるりと回ってみせた。

鳶色《とびいろ》の髪とリボンが軽やかに彼女を追って舞う。

「どう？」

「セシル様も立派な淑女《レディ》ですね。ダンめも鼻が高《たこ》うございます」

二人が向かい合い、幸せそうに微笑む。

「ありがとう、ダン」

セシルの礼を聞くと、ダンの背中はゆっくりと丸まって、うつらうつらと船を漕《こ》ぎ始めた。

部屋に戻ると、真一郎が燕尾服《えんびふく》で全身を固めて、鳳が仕上げのブラシを掛けているところだった。

「花穎、まだ着替えていないのかい？」

「あっ」

花穎は時計を見て、血液が急降下するのを感じた。ソックスガーターを着けたら、足が浮腫《むく》んでベルトが脹脛《ふくらはぎ》に食い込むに違いない。

「衣更月がスマートフォンを置いて行くから」

彼と連絡が取れていれば、花穎の勘違いは直ちに訂正されたのだ。

「着替え、の前にシャワー」

花穎が眼鏡と腕時計を外すのを見計らって、衣更月が手を出して受け取る。

「申し訳ありません。執事学校時代の同期がいたもので、互いに録音可能な機器を持ち込まない条件で情報交換をしておりました」

「情報って？」

「今夜伺う会場の、他の方々に見付かり難《にく》く且つ心地よく過ごせる場所を数箇所、聞き出す事に成功しました」

「よくやった！」

手の平を返して褒めた花穎に、衣更月が恭しくお辞儀をした。

脱いだ服を放り出して、シャワーブースに入ると同時に蛇口を捻《ひね》り、頭から湯を浴びる。湯気で瞬間的に視界が白くなる。シャンプーの泡を避けて目を閉じると、瞼《まぶた》に残る窓辺の光に二人の姿が浮かんだ。

遠い記憶を甦らせた言葉。

うちの執事に願ったならば、どんな望みも叶えてくれる。主人の確信めいた信頼と、それに応える執事の矜持が引き起こした、まさしく魔法の様だった。

閉じた口の端が自然と上がる。

花穎も、鳳と衣更月が幸せな笑顔でいられる当主になりたいと思った。

6

眼下を大西洋が過ぎていく。

雲が足の下を通る感覚は楽しい。不粋な床板がなければ、小窓から見るよりずっと見晴らしが良いのだろう。体験したくはないが、思い描くだけなら安全だ。

花穎は機内休憩所《ラウンジ》で羽を伸ばした。

「お祖母様《ばあ》は一緒に来ないの？」

「次は仕事。赤目家は、跡継ぎと後継者以外で所属階級が違うからな」

赤目は冗談めかして言うが、強《あなが》ち全くの冗談でもないので花穎は相槌《あいづち》だけを打った。

「聞いたか？ ビーチで起きた傷害事件の犯人、逮捕されたらしい」

「今知った」

花穎は窓のブラインドを下ろし、前向きに居住まいを正した。

「捕まったなら良かった。迷惑な人がいるものだよね」

「犯人、誰だと思う？」

「誰って……」

花穎には知る由もない。旅先で既知の相手は少なく、もし家と関わりのある人物ならば、衣更月から報告があるだろう。

赤目が花穎の左腕を摑《つか》んで捻り、手首を内側に人差し指を立てる。

嫌な皮膚感覚が甦《よみがえ》る。

「え、嘘」

「本当」

赤目が満面に笑みを広げた。

花穎は青くなって、左手首を右手で押さえた。

衣更月が石鹸《せっけん》やクレンジングオイルを駆使して念入りに落としたので今は跡形もなく消えているが、花穎の手首には油性ペンで四桁《けた》の数字が書かれていた。

ダンとぶつかり、服を台無しにされたと怒った黒髪の男の部屋番号である。

「汚れた服と着替えを抱えて何処に行く途中だったんだろうな？」

「わあー、あー！」

花穎は両手で耳を塞《ふさ》いで、自身の声で話の続きをかき消した。

黒髪の男とぶつかったのがダンではなかったら。

もし、花穎だったら服を選《え》り分けて拾っただろう。その色から汚れが砂と血の痕《あと》だと気付いてしまった後の事は考えたくない。

「衣更月っちには黙っておいてやるよ」

赤目がソファの背に頬杖《ほおづえ》を突いて、巧みに善良な笑顔を作る。

花穎は老翁を衣更月と信じ込んでいた。あの時は必死で、真剣に考え、本心で言った。だが、事実が分かって思い返すと、決して当人には聞かれたくない言葉である。

「絶対だよ。約束だからね、赤目さん」

「刻弥でいいって」

赤目が茶化してはぐらかす。

空を飛び、海を越え、未来へ旅した心地がした。

本書は書き下ろしです。

うちの執事《しつじ》に願《ねが》ったならば

高里椎奈《たかさとしいな》

平成29年 3月25日 初版発行

発行者●郡司 聡

発行●株式会社KADOKAWA
〒102-8177 東京都千代田区富士見2-13-3
電話 0570-002-301（カスタマーサポート・ナビダイヤル）
受付時間 9:00～17:00（土日 祝日 年末年始を除く）
http://www.kadokawa.co.jp/

角川文庫 20258

印刷所●旭印刷株式会社 製本所●株式会社ビルディング・ブックセンター

表紙画●和田三造

ISBN978-4-04-105271-6 C0193

角川文庫発刊に際して

角川源義

第二次世界大戦の敗北は、軍事力の敗北であった以上に、私たちの若い文化力の敗退であった。私たちの文化が戦争に対して如何に無力であり、単なるあだ花に過ぎなかったかを、私たちは身を以て体験し痛感した。西洋近代文化の摂取にとって、明治以後八十年の歳月は決して短かすぎたとは言えない。にもかかわらず、近代文化の伝統を確立し、自由な批判と柔軟な良識に富む文化層として自らを形成することに私たちは失敗して来た。そしてこれは、各層への文化の普及滲透を任務とする出版人の責任でもあった。

一九四五年以来、私たちは再び振出しに戻り、第一歩から踏み出すことを余儀なくされた。これは大きな不幸ではあるが、反面、これまでの混沌・未熟・歪曲の中にあった我が国の文化に秩序と確たる基礎を齎らすためには絶好の機会でもある。角川書店は、このような祖国の文化的危機にあたり、微力をも顧みず再建の礎石たるべき抱負と決意とをもって出発したが、ここに創立以来の念願を果すべく角川文庫を発刊する。これまで刊行されたあらゆる全集叢書文庫類の長所と短所とを検討し、古今東西の不朽の典籍を、良心的編集のもとに、廉価に、そして書架にふさわしい美本として、多くのひとびとに提供しようとする。しかし私たちは徒らに百科全書的な知識のジレッタントを作ることを目的とせず、あくまで祖国の文化に秩序と再建への道を示し、この文庫を角川書店の栄ある事業として、今後永久に継続発展せしめ、学芸と教養との殿堂として大成せんことを期したい。多くの読書子の愛情ある忠言と支持とによって、この希望と抱負とを完遂せしめられんことを願う。

一九四九年五月三日

うちの執事が言うことには

高里椎奈

半熟主従の極上ミステリー！

日本が誇る名門、烏丸《からすま》家の27代目当主となった花穎《かえい》は、まだ18歳。突然の引退声明とともに旅に出てしまった父親・真一郎《しんいちろう》の奔放な行動に困惑しつつも、誰より信頼する老執事・鳳《おおとり》と過ごす日々への期待に胸を膨らませ、留学先のイギリスから急ぎ帰国した花穎だったが、そこにいたのは大好きな鳳ではなく、衣更月《きさらぎ》という名の見知らぬ青年で……。若き当主と新執事、息の合わない《不本意コンビ》が織りなす上流階級ミステリー！

ISBN 978-4-04-101264-2

遺跡発掘師は笑わない

ほうらいの海翡翠

桑原水菜

天才・西原無量の事件簿！

永倉萌絵《ながくらもえ》が転職した亀石《かめいし》発掘派遣事務所には、ひとりの天才がいた。西原無量《さいばらむりょう》、21歳。笑う鬼の顔に似た熱傷痕のある右手“鬼の手《オーガ・ハンド》”を持ち、次々と国宝級の遺物《レリック》を掘り当てる、若き発掘師《ディガー》だ。大学の発掘チームに請われ、萌絵を伴い奈良の上秦《かみはた》古墳へ赴いた無量は、緑色琥珀《りょくしょくこはく》“蓬莱《ほうらい》の海翡翠《うみひすい》”を発見。これを機に幼なじみの文化庁職員・相良忍《さがらしのぶ》とも再会する。ところが時を同じくして、現場責任者だった三村《みむら》教授が何者かに殺害され……。

角川文庫のキャラクター文芸

ISBN 978-4-04-102297-9

カブキブ！1

榎田ユウリ

経験不問。カブキ好きなら大歓迎！

高校一年の来栖黒悟《くるすくろご》（クロ）は、祖父の影響で歌舞伎が大好き。歌舞伎を部活でやってみたい、でもそんな部はない。だったら創ろう！と、入学早々「カブキブ」設立を担任に訴える。けれど反応は鈍く、同好会ならと言わせるのが精一杯。それでも人数は５人必要。クロは親友のメガネ男子・トンボと仲間集めを開始。無謀にも演劇部のスター、浅葱《あさぎ》先輩にアタックするが……⁉　こんな青春したかった！　ポップで斬新なカブキ部物語、開幕！

角川文庫のキャラクター文芸

ISBN 978-4-04-100956-7

ISBN 978-4-04-103568-9